NARRATORI MODERNI

Della stessa autrice in edizione Garzanti:
Il profumo delle foglie di limone
La voce invisibile del vento
Entra nella mia vita
Le cose che sai di me
Le mille luci del mattino
La meraviglia degli anni imperfetti
Lo stupore di una notte di luce
La forza imprevedibile delle parole
L'amante silenzioso

CLARA SÁNCHEZ

L'ESTATE DELL'INNOCENZA

Traduzione di
ENRICA BUDETTA

Garzanti

Prima edizione: maggio 2019

Traduzione dallo spagnolo di
Enrica Budetta

Titolo originale dell'opera:
El palacio varado

ISBN 978-88-11-67157-2

Printed in Italy

www.garzanti.it

L'ESTATE DELL'INNOCENZA

Una volta, quando ero piccola – avrò avuto nove anni –, restai paralizzata in mezzo alla strada. Non in senso figurato, ma letteralmente paralizzata: non riuscivo a fare neanche un passo, non riuscivo ad avanzare. I piedi mi rimasero incollati a terra per qualche minuto finché, con un grande sforzo, non ce la feci a rimettermi in movimento. Non lo dissi a nessuno, ma non sono mai riuscita a dimenticarlo completamente. E, tra l'altro, se anche lo avessi raccontato, non mi avrebbero dato retta, avrebbero pensato che erano mie fantasie, perché, se fosse stato vero che le mie gambe non rispondevano, sarei caduta a terra come un cencio. Io stessa potrei dubitarne, se non mi fosse rimasto impresso ciò che provai e l'immagine di me stessa, ferma al centro del marciapiede, mentre mi sforzavo in tutti i modi di ricominciare a camminare.

Eravamo nel bel mezzo di un trasloco. Sia io sia i miei cugini e i miei genitori e, credo, anche i miei zii, spostavamo cianfrusaglie da una casa di mia nonna a un'altra, che si trovava nella stessa strada. Quando andavamo a farle visita, la nonna ne approfittava sempre per cambiare i mobili, per mettere le tende, per tinteggiare. Con il senno di poi bisogna riconoscere che aveva un ottimo gusto in fatto di case: tutte quelle che le passavano per le mani avevano uno stile che adesso definiremmo quasi minimalista, ed erano molto belle. Alberi di melo su una terrazza, scala a chiocciola di marmo. La nonna era ambiziosa, ma io non riuscii mai ad apprezzarla, perché mia madre la odiava e così anch'io la odiai da subito, non con il mio odio, ma con quello di mia madre, che era più grande di qualunque altro io fossi mai riuscita a provare. Non sapevo qual era il mio odio, non avevo ancora odiato nessuno, ma sapevo qual era quello di mia madre, la quale si dibatteva tra il rispetto nei confronti della suocera e la propria enorme capacità di venire ferita.

Mia nonna, sua suocera, la feriva con grande facilità, con uno sguardo, con una parola, con il suo atteggiamento. In fondo la debolezza di mia madre mi sconvolgeva. Perché viveva in un mondo rotto ed era rotta anche lei, e non è mai riuscita ad armarsi. Depressione? Tristezza? Dispiacere? Mia madre era fragile come il cristallo dei bicchieri buoni che tiravamo fuori dalla vetrina nei giorni di festa. Troppo giovane, troppo ingenua, troppo innamorata di mio padre, troppo delusa. Il suo mondo era in frantumi. E la colpa era tutta di suo marito, che si meritava che lei raccontasse a chiunque fosse disposto ad ascoltarla quanto era disgraziato o come cercava in tutti i modi di non stare mai a casa, di divertirsi e rotolarsi nei letti sudati delle altre donne. Mia madre ne aveva le prove, come il rossetto sul colletto delle camicie, che esaminava attentamente insieme alle mutande prima di infilarle in lavatrice, gli scontrini di ristoranti dove mio padre non portava mai lei, gli ammanchi sul conto in banca.

La sua confidente più fedele, quella che la capiva meglio, era mia cugina Toñita, che aveva cinque anni più di me. L'ascoltava con complicità assoluta, la capiva come se appartenessero alla stessa razza. Non c'era quasi differenza tra i suoi quattordici anni e i trenta di mia madre e forse entrambe apprezzavano, ciascuna a modo suo, gli angoli oscuri e sordidi della vita, e per questo entrambe amavano vedere insieme *La mujer marcada* e altri film del genere. S'identificavano molto nelle protagoniste che soffrivano, perché mia madre soffriva e mia cugina avrebbe sofferto. Era scritto. Per il momento Toñita si preoccupava molto del proprio aspetto fisico, sognando di arrivare ad avere fianchi torniti e un girovita bello stretto, che si cingeva con un laccio che le lasciava il segno. La entusiasmava mostrarmelo e dire: «Guarda, guarda come sta diventando». Ma andava anche più nello specifico. Tutte le volte che faceva un progresso mi prendeva da parte e mi comunicava a bassa voce: «Stasera ci ho infilato tutto l'anulare e ci entrava».

Quando rideva – e rideva spesso – le venivano due fossette vicino alla bocca come due bollicine di Coca-Cola. La adoravo e la invidiavo, perché il suo ambiente familiare era completamente diverso dal mio. I suoi genitori erano felici e avevano un rapporto normale. Si volevano bene, si prendevano in giro e quando litigavano non sembrava neppure che stessero litigando. A sua madre, Mari, non era mai successo di impallidire come se fosse una morta, come capitava alla mia, e non lanciava lo sguardo a migliaia di chilometri di distanza, dove si supponeva che fosse mio padre, a divertirsi con qualche altra donna. Mari aveva un tono melenso e parlava molto mentre era a letto con mio zio. A volte il loro chiacchiericcio, un po' attutito dalle lenzuola, durava per tutta la notte, tutto il pomeriggio o tutta la mattina. Adoravano stare a letto e approfittavano di qualunque scusa per coricarsi. Il riposino pomeridiano, che uno dei due avesse mal di testa, che avessero freddo o semplicemente che non avessero niente da fare. Per questo mia zia teneva in camera (sempre impregnata di un leggero odore di sesso) négligé, vestaglie per andare ad aprire la porta e liseuse di lana da mettersi sulle spalle mentre leggeva o ricamava a letto, tutti appesi a un attaccapanni.

Mia madre non usava niente di tutto ciò. Non aveva il tempo di portare vestaglie e liseuse. Si alzava di scatto alle sette o alle otto di mattina perché non c'era niente che la trattenesse a letto, tranne mio padre quando tornava dai suoi continui viaggi. E anche perché il medico le aveva consigliato di stare costantemente in movimento per combattere la tristezza che si era impossessata di lei. Le aveva suggerito anche di circondarsi di fiori, per cui casa nostra sembrava molto allegra. C'erano fioriere e vasi in terrazza, sui davanzali delle finestre, sui mobili e, nei punti in cui non arrivava la luce, c'erano fiori di plastica o di stoffa. Le tende delle stanze da letto e due poltrone erano fatte di una stoffa con una stampa a fiori grandi. Vivevamo sempre all'ultimo piano, perché così in casa entrava più luce, e i mobili erano chiari e leggeri. Credo che mia madre lottasse con le unghie e con i denti per curare la propria tristezza, ma non so se lottava con altrettanta determinazione per mettere fine alle ossessioni che la causavano. Perché ciò accadesse mio padre sarebbe dovuto morire e, anche in quel caso, dubito che ci sarebbe riuscita. Erano tutti più felici di lei. Tutte le donne di qualunque condizione e cultura, qui e altrove, erano capaci di trovare qualcosa che le rendesse felici.

Mia cugina Toñita ammirava molto mia madre. La considerava davvero bella ed elegante e a volte, durante quei pomeriggi in cui parlavano come due amiche e mia madre le offriva il caffè e i pasticcini, Toñita si provava i suoi vestiti. Indossava un abito di mia madre e le diceva che, quando si fosse sposata, lei sarebbe stata la sua madrina. Mia madre annuiva senza uscire dalla sua condizione come di posseduta, e senza capire bene ciò che sentiva.

Toñita, diminutivo di Antonia, si chiamava come mia nonna, quella donna minuta e gelida che mia madre odiava tanto. A quanto pare avevano chiamato mia cugina come lei per lisciarle il pelo, per fare in modo che mia nonna volesse più bene a lei che al resto dei nipoti e la favorisse in qualche modo nel testamento. E, per questo motivo, io mi ero liberata del peso di chiamarmi come lei. Mia madre ebbe il buon gusto di mettere gli occhi su una bisnonna già morta, che dunque non poteva odiare, che se n'era andata all'altro mondo a novantotto anni e che, a quanto pareva, era arrivata con i suoi genitori da un paese lontano quando era bambina.

A giudicare dalla pelle bianca e sottile di mia nonna, ereditata senza dubbio dai suoi genitori, dovevano essere venuti da un paese con poco sole. La sua pelle sembrava dire: «Guardare e non toccare», presentava spesso eczemi e rossori e s'incartapecoriva come carta velina sulle vene blu. Le scarpe, di qualunque tipo fossero, le provocavano delle piaghe, anche se indossava le calze, e visto che mia madre non sapeva bene come compiacerla, si precipitava a curarle i piedi non appena arrivava a casa nostra o noi andavamo a casa sua. A me non sembrava logico che la odiasse e che allo stesso tempo avesse bisogno di essere apprezzata da lei e di toccarle quei piedi spellati. Credo che la mia distanza affettiva da mia nonna dipendesse dal fatto che ispirava sentimenti così contraddittori e violenti in mia madre. Soprattutto perché mi obbligava a stare molto attenta a quello che dicevo. Davanti a lei non potevo dire niente di positivo di mia nonna, solo che era brutta, piccola e cattiva.

Mia madre gridava ai quattro venti che si sentiva più amata e molto più a suo agio con la sua tribù familiare, di cui faceva parte sua sorella Olga. Olga mi piaceva moltissimo, perché era una donna di mondo, perché lavorava e sapeva fumare molto bene, perché teneva in mano il bicchiere, qualunque cosa esso contenesse, molto meglio di mio padre e perché accanto a lei mia madre sembrava la quintessenza dell'assennatezza, una vera signora con tutte le rotelle a posto. Quando c'era Olga, il riflettore era puntato su di lei e mia madre passava in secondo piano, era presa più dai drammi della sorella che dai suoi, e ciò comportava una tregua per mio padre, per me e anche per i miei fratelli, che all'epoca non si rendevano conto ancora di niente.

I miei primi ricordi di Olga risalgono a un pomeriggio in cui sono in una stanza davanti a uno specchio alto e lungo appoggiato a terra. La stanza è grande e lo specchio è in un angolo. Mi ci posso specchiare con questo foulard di seta appuntato sulla testa, che mi arriva fino ai piedi.

Per un bel po' esistiamo soltanto io, lo specchio e il foulard, finché non mi rendo conto che lui e lei mi stanno osservando. Mi volto verso di loro, verso i loro sguardi compiaciuti. Lui mi si avvicina e mi solleva in aria, mentre il foulard si apre intorno a me. Quanti anni avrò avuto allora, sei? Al massimo sette. Vedo i suoi occhi davanti ai miei, sono quasi chiari. È l'uomo più alto che io abbia mai visto. Mi deposita a terra. Entra una cameriera con un vassoio che sembra d'argento e lo appoggia su un tavolino alto quanto me. Lui mi parla con un accento molto strano. La sua voce arriva dal soffitto, mi chiede di versargli il caffè. Lo prendo molto sul serio e vado verso il tavolino calpestando il foulard. Lei mi aiuta con la caffettiera. Il caffè scende nero e denso. Lui lo prende non filtrato e senza zucchero. Porto la tazza fino alla poltrona e gli resto accanto mentre lo sorseggia. Quando finisce, guardo il fondo della tazza e gli dico che non lo ha bevuto tutto. Mia zia, a sua volta, lo rimprovera: «Ahmet, hai lasciato la posa». Lui la raccoglie con il cucchiaino e la mangia. Mi mostra il fondo della tazza: «Adesso va bene?». Annuisco e sistemo il piattino, la tazza e il cucchiaino sul vassoio.

Mi cercano ogni pomeriggio perché gli serva il caffè nella sala dello specchio. Io lascio tutto e mi precipito, perché lui mi ha fatto presente con grande serietà che devo prendermi cura di lui, e a me non è mai venuto in mente che potesse trattarsi di uno scherzo. A quell'epoca le parole, le frasi e il mondo avevano un solo senso. Dopo il caffè lo vedo sempre prendere varie pillole e ho sentito dire spesso da Olga che è malato, cosa che rende ancor più impellente il mio obbligo di prendermi cura di lui. Appena mi vede arrivare esclama: «Ecco la signorina». Dopo il caffè chiede a Olga una «zigaretta». Lei ne prende una dal pacchetto dalle lettere dorate, se la infila tra le labbra, la accende e poi, con un segno di rossetto, la passa tra le labbra di lui. Non ho mai visto i miei genitori fare una cosa così raffinata, così bella. Anche Olga fuma. Ha l'abitudine di andare avanti e indietro con la sigaretta accesa, con questo piccolo fuoco tra le dita che le sfiora i capelli e la camicetta. Lui la guarda seduto in poltrona, finché Olga non mi prende per mano e lo lasciamo da solo.

Ahmet Kemal era il console generale di Turchia a Barcellona ed era malato di cuore. Al suo paese aveva moglie, figli e una famiglia molto influente. Stava per divorziare da una donna ricca, bellissima, figlia di commercianti, a cui Olga si riferiva con tutto il risentimento che la sua bocca dalle gengive rosate e i bei denti riusciva a contenere, chiamandola «la Turca».

Olga era il suo braccio destro. Era la responsabile delle pubbliche relazioni del consolato e si occupava anche dei suoi affari privati con le compagnie navali.

I miei genitori parlavano spesso di Olga e Ahmet. Lui, di solito, lo chiamavano «il Console». Quando sentivo la parola «console», capivo qualcosa come «colosso». Solo uno come Ahmet – grande, completamente calvo, con le ciglia sparate verso le tempie e due ossa rilucenti sopra di esse – poteva essere un console. Forse in un primo momento metteva un po' di soggezione, ma un console doveva essere imponente. Non c'era motivo che lo fossero un ambasciatore, un principe o un presidente.

Di lui si diceva che aveva un debole per la bellezza fisica, che poteva tollerare benissimo l'incompetenza se c'era di mezzo il fascino. «La saggezza», diceva, «puoi trovarla nei libri, ma un paio di occhi belli puoi trovarli soltanto in una persona.» Diceva anche che non si fidava degli astemi, perché gli astemi sono dei codardi, che hanno paura che l'alcol sciolga la lingua e il cuore. Probabilmente per questo, per non deluderlo, mio padre tornava dalle sue scorribande con lui con la voce impastata e molto allegro. Dicevano anche che era un uomo coraggioso, perché nella vita non lo spaventava niente e perché sosteneva di non sapere che cosa volesse dire avere paura. E non esagerava: bastava vederlo parlare ad alta voce, attraversare la stanza con due falcate o dare una manata al tavolo per esprimere fastidio o contentezza. Io conoscevo eccome la paura, perciò non avrei mai potuto essere come lui. Avevo paura di attraversare un campo buio, avevo paura che potessero morire mio padre, mia madre e i miei fratelli, mi terrorizzava la scuola e mi spaventava tutto ciò che era sgradevole. Avevo paura praticamente di tutto. E lui di niente. Iniziò a preoccuparmi il fatto che il resto dell'umanità potesse essere più simile ad Ahmet Kemal che a me.

Della sua famiglia conoscemmo soltanto suo fratello, che nel loro paese era più importante di lui. Arrivò al consolato accompagnato da due guardaspalle, che rimasero davanti alla porta dello studio di Ahmet, dove lui si trattenne almeno due o tre ore. Olga insistette perché cenasse con la nostra famiglia, probabilmente per non ritrovarsi faccia a faccia da sola con lui e per sentirsi più protetta. Alla fine uscì di lì accompagnato di nuovo dai due uomini che avevano aspettato fuori dalla porta.

Il fratello importante, come venne chiamato da quel momento in avanti, era molto diverso da Ahmet, perché non era calvo, né tantomeno così alto, aveva gli occhi neri, più neri dei miei, di quelli di Olga e di chiunque li avesse neri, e spostava spesso lo sguardo verso il basso e di lato come se lui, a differenza di Ahmet, avesse paura.

Olga era così angosciata all'idea di non fare buona impressione al fratello di Ahmet che si provò tutti i vestiti che aveva nell'armadio e alla fine ne scelse uno rosso che abbinò a un paio di orecchini d'oro pendenti, lungo i quali il rosso del vestito risaliva come una fiammata. Forse era fin troppo appariscente. Secondo mia madre durante la cena il fratello di Ahmet non smise mai di guardarla, anche se mai dritto negli occhi, e ciò dimostrava che era un tipo ritroso, indiretto, di cui c'era poco da fidarsi. E non era strano che la povera Olga avesse i nervi a fior di pelle. Beveva tantissimo, parlava troppo o rimaneva in silenzio di colpo, non aveva neanche la minima idea dell'impressione che stava dando al fratello di Ahmet. Non lo sapeva nessuno. Alla cena partecipò anche un iraniano, di nome Nasir Alí, che era molto ricco, come proclamava il brillocco che portava al dito, e che, al contrario del fratello di Ahmet, guardava eccome Olga negli occhi, secondo mia madre in modo fin troppo sfacciato. Ma il vero oggetto del suo interesse era mio padre, a cui si rivolgeva pronunciando ogni parola molto lentamente, come se tutto il peso della luce gli cadesse sulle mandibole. Il ricco iraniano si portò il calice alle labbra. Il brillante che aveva al dito fece pendant con il cristallo intagliato, il vino rosso e le sue labbra bagnate e scure. Uno scoppio di ilarità, come piaceva al Console, che non la smise di bere ed entusiasmarsi perché era in compagnia del fratello, di Olga e persino della famiglia di Olga, e anche di Nasir Alí, che era pieno di soldi. Il brillante dell'iraniano raccoglieva la luce delle lampade e poi la restituiva sotto forma di lampi sul piatto. I gesti e le parole si trascinavano lungo quei lampi come vermi moribondi.

Olga, dopo essersi congedata dal fratello di Ahmet, che aveva passato tanto tempo a chiacchierare con quest'ultimo nel suo studio, parlando probabilmente di lei e della Turca, e che la stessa Olga aveva desiderato compiacere in modo così patetico, si diresse – immagino adesso che ho trentacinque anni – nella sua stanza che dava sul paseo de Gracia. Molto probabilmente si tolse le scarpe di pelle di rettile con il tacco alto e le fece rotolare sul tappeto fino a un angolo di quella stanza su cui io mi ero concentrata fino allo sfinimento senza volerlo, senza averne l'intenzione, semplicemente perché era piena di dettagli magici.

C'erano altre scarpe buttate a terra e il guardaroba spalancato e in disordine. Olga era sull'orlo di una crisi di nervi, della disperazione. Si strappò gli orecchini e le forcine dai capelli e li gettò rabbiosamente sulla toletta. Adesso si sentiva più libera fuori e più oppressa dentro. Indossò una camicia da notte color salmone, lunga e molto scollata. Si accese una sigaretta e tirò le tende. Si allontanò dalla finestra. Rimase per un po' a meditare con lo sguardo fisso sulla tenda di velluto granata, un colore che predominava in tutto il palazzo. Pensava intensamente ad Ahmet e a suo fratello che, in quella lingua misteriosa, lo esortava ad allontanarsi da lei. Si stese sul letto e cercò di addormentarsi. A volte arrivava fin lì il rumore delle macchine che frenavano, attutito dai muri e dai mobili, come se quello continuasse a essere il posto più sicuro del mondo. Il brusio nella sua testa, però, non cessava. Si sentiva prigioniera di una conversazione che non aveva ascoltato. Avevano menzionato la Turca e i suoi figli, forse i loro anziani genitori? La sua famiglia influente aveva lanciato un ultimatum ad Ahmet per convincerlo a tornare a casa? E che cosa poteva aver risposto lui? Durante la cena Olga aveva avuto la sensazione di venire esaminata fin nei minimi dettagli. Attraverso il nero degli occhi di suo fratello, tutti gli occhi della grande famiglia turca di Ahmet le avevano trapassato la pelle, la carne e le ossa. E non poteva sfuggire alla domanda, perché la domanda era lunga, larga e oscura. Bevve un bicchiere d'acqua e cercò di mettere da parte quel pensiero in mezzo alla solitudine delle tre di notte. Il suo corpo era stanco, mentre la sua testa era una creatura piena di vitalità che scorrazzava per la stanza.

Finché, all'arrivo dell'alba, non riuscì a addormentarsi profondamente. Si godette il momento in cui si adagiò sulle lenzuola e il cuscino e il fatto che il cuscino fosse un prato morbido e soave e le lenzuola foglie morbide e altrettanto soavi. Al suo risveglio si aggirò per la stanza con la lunga camicia da notte color salmone, con cui sembrava uscita da una festa più che scesa dal letto. E con i capelli arruffati, come se sulla soglia della festa ci fosse stato vento, si accese una sigaretta e la fumò appoggiata al bordo di un secrétaire, dove c'era spazio solo per scrivere un biglietto o, al massimo, una breve lettera. Chiese che le venisse portata la colazione.

Mentre beveva il caffè (né turco né spagnolo. Americano. Solubile. Nescafé), si preoccupò delle sue incombenze. Cercò di organizzare ciò che restava della mattinata. Si chiese come potesse stare Ahmet dopo aver mangiato e bevuto troppo la sera prima. Le loro stanze erano separate da un lungo corridoio, da una lunga notte e, soprattutto, dalla lunga vita di Ahmet, tanto piena degli obblighi che mancavano in quella di Olga. In momenti del genere, di solitudine e sconcerto, Olga, in camicia da notte, una sigaretta in una mano e un caffè istantaneo nell'altra, doveva amare molto un uomo imponente come Ahmet Kemal. E mi sembrava che quell'amore potesse esistere solo quando si aveva un seno grande e un mondo che si organizzava intorno al seno: scolli, colletti, reggiseni, su cui gli sguardi scivolavano come la neve sul fianco di una montagna. Un giorno sarei stata come lei, con il suo innamoramento intenso e la sua scollatura generosa. Qualche anno più tardi, quando avevo dodici o tredici anni, un ragazzo della mia stessa età mi disse che non gli piacevo per niente, ma che era sicuro che, quando fossi diventata grande, gli sarei piaciuta. Avremmo dovuto aspettare che mi trasformassi in Olga. Volevo essere lei perché Olga non era mai del tutto qui come me, ma un po' più in là, dove c'è luce, sul palco su cui mettiamo le persone che ci piace guardare. Sono i personaggi. La sua sofferenza non mi faceva soffrire e la sua allegria non mi rallegrava, eppure mi piaceva tantissimo guardarla.

Temevo soltanto le emozioni di mia madre. Mia madre non era un personaggio. Non l'ho mai considerata completamente al di fuori di me. La sua sofferenza mi faceva soffrire, i suoi momenti di allegria mi liberavano dalla malinconia dei suoi momenti di tristezza. Ho sempre cercato di capirla e, per capirla, ho avuto i suoi occhi e ho avuto i suoi dispiaceri e i suoi entusiasmi, ma non ho avuto la sua infanzia né tutto quello che lei aveva visto, mentre io no. Perciò lei non era completamente me, né io completamente lei.

Feci capolino nella stanza di Olga mentre stava infilando rapidamente le gambe nella gonna di un tailleur grigio scuro, che rivelava che all'esterno fingeva di essere una persona seria, ma che dentro era complicata e tragica. Poi si raccolse i capelli ed esitò, non riuscendo a decidere se indossare o no un paio di orecchini. Mi guardò chiedendomi un consiglio, perché a volte Olga si rivolgeva a me come mia madre a mia cugina Toñita. «Mi preoccupa molto la salute di Ahmet», mi disse. «Non si rende conto che non è più giovane e che a me non importa.»

Uscì dal palazzo per congedarsi da noi. Non faceva quasi freddo, il traffico era intenso, i passanti sfilavano e attraversavano il paseo de Gracia tra le macchine. Alcune di quelle persone adesso sono vecchie e altre sono morte. C'era chi andava in edicola, prendeva un giornale e se lo piegava sotto il braccio, per poi lanciare qualche moneta sul piccolo ripiano di lamiera. Alcuni uomini portavano il cappello. Il padre di mio padre ne aveva vari grigi con una fettuccia nera fuori e un'etichetta rossa dentro. Io capivo che era venuto a trovarci dal fatto che, appena entravo in casa, vedevo il suo cappello grigio con la fettuccia nera. Le donne ormai li portavano solo nei film, si erano spogliate man mano di spalline, guanti e fusciacche. Olga era una di loro, una persona che attraversa una strada e scompare. La presenza di mia madre, invece, è solida. Permanente. Se parlo di lei, praticamente sto parlando di me. Ho cercato di staccarla dalla mia vita, di socchiudere gli occhi, come fanno i pittori, per vederla da lontano. In lontananza la sua vita avrebbe potuto essere indipendente dalla mia. Avrebbe potuto essere una donna qualunque di fronte ai miei occhi socchiusi. Ma non è possibile, perché so tutto di lei, non posso aggiungerle nient'altro. Fuori di me resta solo la madre che non vedo, quella che mi arriva attraverso il suo stesso ricordo. Quella che, quando conobbe mio padre, disse: «Io cucinerò mentre tu leggerai. Avremo una casa piena di fiori. Staremo insieme».

Lo fecero per qualche mese, finché non nacqui io. Cucinare, leggere, stare insieme, avere i fiori, avere una bella casa. Poi le cose si complicarono. Il lavoro di mio padre lo costringeva a viaggiare continuamente, tornava a casa durante il fine settimana per spogliarsi delle camicie con i colletti macchiati di rossetto perché mia madre potesse intrattenersi a esaminarli fino al fine settimana successivo. Invece di esserne felice, temevo i passi di mio padre che si avvicinava alla porta. Temevo la reazione di mia madre, carica di recriminazioni, temevo i suoi spasmi, che svenisse davanti a quell'uomo di cui aveva sospettato per cinque intensi giorni e notti. Avevo paura di loro. Mi sarebbe piaciuto che un giorno mia madre facesse la valigia, prendesse noi tre figli e lasciasse mio padre. Se lo avesse fatto con coraggio e forza d'animo non mi sarebbe importato di dormire sotto un ponte né di prendermi cura dei miei fratelli. I bambini non sono creature schizzinose, si abituano a tutto, l'unica cosa di cui hanno bisogno è un po' di allegria e buonumore. L'alternativa era cacciare mio padre fuori di casa, ma lui era già quasi fuori di casa, tornava solo il sabato e la domenica per cambiarsi e accertarsi che fossimo vivi. Ah! E prima chiamava per sondare lo stato d'animo di mia madre, per preparare il terreno, per arrivare piano piano davanti alla nostra porta e introdurre lentamente la chiave nella serratura. Anche mia madre si preparava a poco a poco all'arrivo di lui, preparava la sua amarezza e il libretto con i miei voti scolastici, pieno di insufficienze.

In quei due giorni la vita era un inferno. Mia madre aveva accumulato così tanto malumore che mio padre non vedeva l'ora di tornare a quel lavoro che lo allontanava da noi. Mentre lui non c'era mio fratello si era ammalato, io non avevo dato loro neanche un solo motivo per essere orgogliosi e la lavatrice si era rotta, e scoprire tutto questo all'improvviso, quando in teoria sarebbe dovuto tornare a casa per riposarsi dopo giorni di duro lavoro, era insopportabile. Mi sarebbe piaciuto che mia madre si trovasse un amante e che, al ritorno di mio padre, fosse impegnata a pensare al suo amante, così da non dare importanza a quello che suo marito poteva aver fatto quando era lontano. Perché era impossibile che mia madre sapesse cosa faceva lui quando non lo vedeva. Eppure lo sapeva. Sapeva tutto, vedeva tutto. Dalla cucina o dal salotto vedeva mio padre mentre era sul posto di lavoro o quando faceva baldoria mettendo le mani addosso a quelle puttane e vedeva me a scuola o che giocavo per strada. Vedeva l'universo intero perché era come Dio e io non osavo mentirle.

«Perché non fumi, mamma? Adesso le donne fumano e portano la minigonna, e tu hai delle bellissime gambe.» Ero sinceramente convinta che, se mia madre avesse fatto quelle cose che facevano le donne nei locali e nei film, la sua vita sarebbe cambiata. Le donne che lasciavano il rossetto sulle camicie di mio padre dovevano essere così, di quelle che ridono per niente, quelle sfacciate che scoppiano in una risata e se ne fregano di tutto. Le ammiravo profondamente e mi immaginavo i loro figli che scorrazzavano allegri, senza preoccupazioni. Se le loro madri non si lasciavano turbare da nulla, evidentemente ciò valeva anche per loro.

La madre di Lourdes Córcoles era così. Io e Lourdes frequentavamo la stessa scuola e lei abitava di fronte a casa nostra in un appartamento molto più brutto del nostro, ma che sembrava più bello perché lo avevano arredato come un'ambasciata. Tappeti persiani falsi, lampadari di cristallo appesi al soffitto, molti specchi e divano e poltrone di raso giallo. Andarci mi piaceva e non mi piaceva. Preferivo farlo quando i suoi genitori non c'erano, perché m'impressionavano molto. La prima volta che calpestai i loro tappeti, la madre si stava osservando in uno degli specchi dalla cornice dorata piena di filigrane. Portava un vestito nero piuttosto scollato e uno chignon, e il padre di Lourdes le si avvicinò e le diede un bacio sul collo. Scoppiarono a ridere e poi uscirono per andare a teatro, felici. Io sentii lo stomaco che mi si stringeva come prima di un compito in classe. Era come se quella coppia avesse rubato la felicità ai miei genitori.

La seconda volta li vidi perché m'invitarono a fare un'escursione in campagna con loro. Il padre di Lourdes aveva comprato una macchina nera di seconda o terza mano e voleva inaugurarla. Non era la prima macchina di seconda mano che aveva, secondo i miei genitori era un «traffichino», un tipo senz'arte né parte e che si dava arie di grandezza. I miei genitori lo disprezzavano un po', probabilmente perché quanto a felicità ne era toccata più a lui che a loro.

Durante la passeggiata in campagna i genitori di Lourdes parlavano del più e del meno, senza litigare. Era tutto così piacevole che mi metteva tristezza. Aveva piovigginato, la terra era rossa e noi bambine corremmo e giocammo finché la madre di Lourdes non ci chiamò perché aveva portato la *leche frita* per fare merenda. La *leche* era buonissima e c'era odore di terra bagnata e di pini. Io e Lourdes avevamo nove anni. Lourdes era biondina e aveva un viso molto grazioso, gli occhi nerissimi, e sembrava che sorridesse sempre anche quando era seria. Aveva anche una malattia della pelle sul braccio e su parte della schiena. D'estate con le maniche corte si notava: in quel punto la pelle era più scura e coperta di peli, ma a scuola ci avevamo fatto l'abitudine e la consideravamo una caratteristica di Lourdes, come altri avevano i capelli rossi o gli occhi azzurri. Noi eravamo tre fratelli, avevamo tutti tre anni di differenza tra di noi, io ero la più grande e nessuno di noi aveva una malattia della pelle o qualche altro guaio di salute e non davamo neanche troppi problemi, eppure i miei genitori vivevano sull'orlo della tragedia, dell'abisso, di un disastro che non arrivava mai.

Tempo dopo ricevemmo un telegramma nella nostra casa di calle Uruguay a Valencia. Il Console aveva avuto vari infarti e lo stavano operando in Germania. Con lui c'erano suo fratello e Olga. Tre mesi più tardi Olga ci scrisse informandoci che Ahmet Kemal stava morendo e aveva chiesto a suo fratello di portarlo a spirare in Turchia. Tutti noi provammo un grande dispiacere per lui e anche per Olga.

Il processo di sparizione di Ahmet è inseparabile dalle lettere e dai telegrammi che lo annunciavano. E lui era inseparabile dal consolato, non me lo immaginavo in nessun altro posto. Neanche mio padre sarebbe com'è senza il suo lavoro lontano, né mia madre fuori da casa nostra, come se ogni persona fosse attaccata a un luogo dove si svolge la sua vera vita. I luoghi della mia vita sono quattro. Vanno dal passato al presente e compaiono in continuazione senza che io ci debba neppure pensare. In due di essi ho vissuto: calle Uruguay a Valencia e Madrid. Gli altri due li ho visitati: Barcellona e La Cruz.

Barcellona è una città umida, di mare, con statue nelle piazze, facciate spettacolari e bancarelle di fiori. La Cruz, una casa di campagna in mezzo a una piana di vigneti, nella regione della Mancia. Valencia è umida come Barcellona ed è impossibile portare i capelli lisci, nei viali ci sono molte palme; la calle Uruguay ne attraversa il centro e io la percorro quasi tutta ogni giorno per andare e tornare da scuola. In un angolo c'è un negozio di travestimenti che mi fermo sempre a guardare.

A La Cruz nacque mio padre. La proprietà era protetta da un muro bianco, che veniva tinteggiato a calce una volta all'anno, e attraverso un portone di legno si entrava in un cortile lastricato, al centro del quale c'era un albero dove un tempo si trovava una croce molto antica. L'albero superava in altezza l'edificio principale di due piani, situato in fondo al cortile. Alla sua destra si succedevano le stalle e due o tre casette a un solo piano. Dal piano superiore della casa principale s'innalzava una terrazza che ospitava vari alberi di melo. Le mele sfioravano quasi il terreno. Erano verdi, succose e un po' acide. Molte cadevano e rotolavano a terra producendo il suono vuoto dei colpi sognati, in cui il suolo non è realmente duro né le mele realmente pesanti.

Il cortile era aperto al cielo, le schiene dei muli e dei cavalli brillavano, i ferri battevano sul lastricato e il suono lento e ritmico lo attraversava fino alle stalle. In questo luogo sentii dire per la prima volta: «Dio non esiste». Le tre parole furono pronunciate da una voce maschile. Alzai lo sguardo verso il cielo, dove avevo sempre creduto che vivesse Lui, solo, tra nuvole bianche e anche tra fulmini rossi. In seguito, la stessa persona che mi aveva fatto quella rivelazione mi appoggiò le mani sulle spalle e aggiunse: «Se sai questo, nessuno potrà ingannarti».

Sento ancora nelle mie ossa di allora l'umidità di quelle mani, e nelle mie ossa di ora un calore sgradevole quando la vita mi si presenta dal suo lato brutto e io devo affrontarla così com'è, senza aggiungere né togliere niente.

Era un pomeriggio di giugno. Il sole perdeva via via forza. La campagna diventava più reale. I garofani rossi e le ginestre gialle erano in quel momento più rossi e più gialle. Io portavo un vestito bianco che mi aveva fatto mia madre e mi sedetti all'esterno della casa, accanto al muro bianco, per osservarli. Dentro, a parlare con mia nonna Antonia, era rimasto l'uomo dalle mani sudate che rivelava la verità a chiunque, che la volesse conoscere oppure no.

A La Cruz comandava Antonia. Era la madre di mio padre. Apparteneva alla casa e la casa a lei, come si appartengono due facce di una stessa medaglia. La ricordo soltanto lì. Penso a lei come a un pezzo di bronzo o di marmo, qualcosa di duro e freddo, sempre. Tutto il contrario di Olga, piena di colore, odore e movimento. Preferisco quest'ultima. Eppure è la statua di Antonia quella che continua a sorvegliarmi con i suoi occhi socchiusi, il naso schiacciato, gli zigomi forti, la fronte ampia e la pelle troppo sottile, del tipo che si raggrinzisce subito.

Quando era seduta i suoi piedi non toccavano terra, come l'imperatrice di *55 giorni a Pechino*. Io e mia cugina Toñita vedemmo il film insieme e quando comparve l'imperatrice su quel trono alto e vertiginoso, con le unghie appuntite lunghe un metro, esclamammo: «Guarda, la nonna!». Tra il peso della corona, che assomigliava molto alla lampada della sua sala da pranzo, le unghie lunghissime e i piedi piccolissimi, quella signora certamente doveva essere sempre trasportata su un baldacchino, più o meno come mia nonna, che, secondo mia madre, era «la donna più pigra che sia mai esistita sulla faccia della Terra». E niente mi faceva pensare il contrario: la nonna riusciva a far sì che ci dessimo tutti da fare per lei, che facessimo quello che voleva, per esempio caricarci i mobili sulle spalle e portarli da una parte all'altra, come il giorno in cui ero rimasta paralizzata in mezzo alla strada con un abat-jour in mano, un abat-jour di uno dei comodini della stanza dei miei nonni. Un abat-jour testimone di conversazioni che duravano ore e ore e in cui risuonava sempre la voce di lei, un brusio ininterrotto. Che parlasse male della mia povera madre?

S'innalza davanti a me lontana e imperscrutabile come l'imperatrice, a cinquant'anni e con le scarpe e la pettinatura impeccabili. Riceveva tutti i giorni la visita di una «pettinatrice», come lei chiamava la parrucchiera, e spesso andava a comprarsi un paio di scarpe nuove. Tutti i parenti che Antonia riusciva a ricordare si erano dedicati al commercio. Ovvero a comprare e vendere qualunque cosa in qualunque posto. Si trattava di un modo di vivere e rapportarsi al mondo che mia madre non riuscì mai a capire. Le piaceva follemente parlare senza stare zitta un attimo, coinvolgere gli altri e dire la sua. Mercanteggiava fino allo sfinimento. L'ultima volta che la vidi era su una sedia a rotelle e aveva i capelli bianchi. La sua pelle si raggrinziva direttamente sulle ossa senza carne. Cadeva dalla profonda ampiezza della fronte e dalle tempie verso le palpebre, per poi dirigersi verso gli zigomi, piuttosto marcati. E mi sembrò che i suoi occhi, trasformati dalle palpebre cadenti in due linee nere, mi stessero attribuendo un prezzo. Per il mio vizio di non chiedere sono rimasta senza sapere quanto valgo.

Suo marito si chiamava Miguel. Non fumava, non beveva e non parlava troppo. Aveva l'abitudine di guardarsi intorno in modo totalmente spassionato, senza migliorare né peggiorare ciò che vedeva. Ci si accorgeva a stento della sua presenza. Veniva a trovarci spesso, soprattutto quando ci trasferimmo a Madrid. Gli piaceva quella città, gli piaceva farci lunghe passeggiate e dire: «Una volta qui non c'era niente», indicando il paseo de la Castellana con i suoi palazzi alti superati dalla cima di qualche grattacielo ancora più alto, che nascondeva dietro di sé alcuni edifici più piccoli e così via, fino a formare con cemento, mattoni rossi, ceramica e vetro, il luogo più moderno che avessi visto fino a quel momento. Ma, dovunque andassimo, alla fine ci ritrovavamo sempre in plaza de Oriente, a contemplare il palazzo reale, scavalcandone le mura con infinita nostalgia e arrivando in qualche posto segreto che vedeva soltanto lui e che volle condividere con me perché io non lo avrei giudicato né tradito e perché i bambini capiscono le fantasie.

Senza darsi arie e come se parlasse tra sé e sé, mi raccontò che da giovane era un fantino così capace che, quando era entrato nell'esercito, era stato destinato al palazzo perché insegnasse a una infanta, figlia di Alfonso XIII, ad andare a cavallo. Passavano le mattine o i pomeriggi insieme accarezzando la testa dei cavalli e facendoli pascolare nei campi di violette. Lei rideva per qualunque cosa e gli raccontava che in generale non era felice e che si sentiva una reclusa, sequestrata dai suoi nobili natali, ma che quando stava con lui si dimenticava chi era. Mio nonno si accorse che era sempre più bella, con l'equipaggiamento da cavallerizza che si faceva arrivare da Parigi o Londra, e che per parlargli gli si avvicinava così tanto che lui non sapeva cosa fare, se abbracciarla, se baciarla. Quando la aiutava a montare a cavallo gli tremavano le mani e a quel punto lei diceva ridendo che era troppo pesante. Finché un giorno lui non le confessò che s'innervosiva molto quando la toccava perché lei era un'infanta di Spagna e lui un semplice suddito, del gradino più basso a cui possa appartenere un suddito. Eppure il campo di violette creava un tappeto perfetto per distendersi e una bruma perfetta in mezzo alla quale lei gli disse che era solo una donna, una donna normale, che tra l'altro non aveva fatto niente per meritarsi la vita che aveva né tantomeno per stare con un uomo come lui e chiuse gli occhi davanti al suo viso e a quel punto successe quello che doveva succedere, perché lo aveva chiamato «uomo», una parola davanti alla quale lui non poteva tirarsi indietro. Riusciva ancora a sentire il profumo delle violette, del campo e del corpo di lei. Dopo nove mesi l'infanta ebbe un bambino e lui non la rivide mai più. Questo voleva dire che probabilmente un figlio suo, un mio zio, viveva dietro la facciata imponente di pietra grigia? Non mi avrebbe meravigliato, perché mio nonno era bello e alto e con la divisa e a cavallo doveva essere irresistibile. Per questo non capii mai, né io né nessun altro, il suo rapporto con mia nonna Antonia, la sua sottomissione nei confronti di lei, la sua incapacità di contraddirla, la sua ubbidienza estrema, a meno che in fondo la sua mente e i suoi sogni non fossero rimasti per sempre nel palazzo reale. «Aveva i capelli lunghi, bellissimi», mi diceva.

Quasi tutti i giorni, dopo cena, con lo stesso abito con cui battagliava negli affari, mio nonno si sedeva per un po' a lavorare a una scrivania di mogano piena di cassetti ai lati, che si trovava in una stanza davanti a un camino che non veniva mai acceso. A volte emetteva qualcosa che assomigliava a un sospiro mentre toglieva il cappuccio alla penna e bisbigliava: «Due tonnellate di grano», a cui seguiva il suono ruvido della penna sul foglio che scriveva: «Due tonnellate di grano».

Antonia amò certamente mio nonno, come certamente amò anche le sue scarpe e la sua pettinatura. Quanto a me, mi trattò con correttezza. Non mi ferì mai, né mi riprese con severità e non mi sgridò neppure: semplicemente non mi volle bene. In questo modo mi liberò dal peso di volerle bene a mia volta, di soffrire quando morì, e potei dedicarmi ad altre cose che mi resero felice. Capii che non è necessario che tutti si piacciano e si vogliano bene.

In questa casa nacque mia sorella quando io avevo tre anni. Mio nonno Miguel mi prese per mano e mi disse: «Andiamo a conoscere la tua sorellina». Era agosto. Salimmo la scala di piastrelle rosse in penombra, che odorava di pietra di cattedrale e portava alla stanza dei miei genitori. E vidi mia sorella accanto a mia madre. Mio padre era in viaggio anche in quella circostanza.

Mio fratello nacque a Valencia, dove vivevamo allora, quando io avevo sei anni. Anche in quel caso ci fu qualcuno che mi prese per mano e mi portò da lui. Il neonato aveva la testa rotonda con i capelli neri e la faccina rosa. Indossava una camicina di batista bianco. Era autunno.

Ho trovato per caso una foto di quel periodo, scattata durante una gita allo zoo. I miei genitori sembrano ragazzini vestiti da adulti con l'abbigliamento formale degli anni Sessanta, prima della diffusione massiccia di minigonna, mini-pull e calze colorate. Fu un pomeriggio fantastico perché loro parlavano normalmente e a volte si sorridevano come se tentassero di piacersi a vicenda e piacere a tutti gli altri, come se fossero su un palco illuminato. Le scimmie strillavano in una grande gabbia saltando da un tronco secco all'altro e, quando non strillavano, si leccavano il sedere a vicenda con grande piacere, una cosa su cui richiamai con insistenza l'attenzione di mio padre, mentre lui cercò di indirizzare la mia sul piumaggio vistoso degli uccelli.

Alla stazione di Barcellona ci aspettava un'automobile grande e nera con l'autista, che ci portò fino al consolato turco, in realtà fino all'altro mondo. Olga ci attendeva sulla soglia con uno dei suoi tailleur. Aveva uno chignon di capelli scuri raccolti sulla nuca e pensai che era strano poter essere una donna di mondo e, allo stesso tempo, una di noi, appartenere a una famiglia normale come la nostra. Ci accompagnò a disfare i bagagli. Fumava senza sosta spostando le unghie rosa da una parte all'altra mentre osservava la nostra intimità che si dispiegava attraverso i capi sobri sparpagliati sui letti. Per spiegare in qualche modo la loro assenza, direi che probabilmente i miei fratelli erano rimasti con i miei nonni. Olga parlò del Console. Era cagionevole di salute e non faceva niente per riguardarsi. Fumava, beveva e in più, aggiunse, era nota la sua irresistibile passione per le donne e la bella vita. «Questa settimana vuole che lo accompagni a tutte le cene. Sai che ti adora», disse a mio padre.

Nel mondo di Olga si utilizzavano spesso parole come «adorare», «splendore» e «assolutamente». Quello che la rendeva una di noi era il suo bisogno di noi.

Tutte le sere Ahmet Kemal ebbe cene di affari e mio padre andò con lui. Mio padre ha sempre ammesso che si divertiva molto con il Console, perché era un uomo a cui piaceva vivere la vita, un uomo come ne aveva conosciuti pochi. Gli presentava gente che contava, da cui avrebbe potuto ottenere qualcosa, se anche mio padre, a sua volta, avesse fatto parte della gente che contava. «Lo sta introducendo nel gran mondo», diceva Olga per placare la gelosia di mia madre.

Seppi di appartenere al piccolo mondo di mio padre quando scoprii che esisteva il gran mondo di Ahmet Kemal. Mio padre era ispettore finanziario di una grande azienda parastatale. Poteva, pertanto, appartenere a una grande azienda e allo stesso tempo non appartenere al gran mondo. Non mi lasciavano ancora attraversare da sola le strade vicino a casa nostra e già sapevo che quelle strade formavano un piccolo mondo e che, se anche le avessi attraversate lasciandomele alle spalle, lo stesso piccolo mondo sarebbe continuato, allargandosi sempre di più, probabilmente perché il piccolo mondo era più esteso del gran mondo.

Da questo gran mondo arrivò Nasir Alí. Mio padre lo descriveva come un uomo ricco e generoso. Imprenditore e musulmano. Rigido e affettuoso. Un tipo pratico e sognatore. Corresse «sognatore» con «intraprendente». All'iraniano mio padre piaceva.

Quando parlavano dell'enorme quantità di ricchezza che Nasir Alí possedeva, il Console dava a mio padre una forte pacca sulla spalla: «Hai grande immaginazione e hai i numeri», gli diceva. Poi faceva un gesto con le dita che andava dalle labbra all'aria come una specie di bacio e aggiungeva: «Capacità!».

A mio padre mancavano solo quattro o cinque giorni di cene prima che ce ne andassimo e aveva fretta di mettersi in affari con Alí, ma gli sembrava che magari non era conveniente dichiararlo. Anche mia madre lo mise in guardia: «L'ansia non è mai una buona cosa», e: «Pensa con calma, agisci con calma. Non li anticipare».

A Nasir Alí sembrava che mio padre avesse non solo una grande capacità, ma anche una grande tempra, la qualità che apprezzava maggiormente in un uomo. Stava andando tutto bene. Ahmet diede a mio padre un'altra pacca: «Vogliamo fare affari con te». Mio padre non riuscì a fare in modo che la sua grande gioia interiore rimanesse lì, dentro di lui, e la sua faccia da ragazzo dagli occhi audaci si emozionò all'inverosimile. Mia madre lo guardò spaventata, perché sapeva per esperienza che una persona capace di essere tanto felice poteva essere anche molto infelice.

A Nasir Alí interessava la Spagna, Ahmet conosceva il paese, mio padre era ispettore finanziario («Hai i numeri», gli aveva detto Ahmet come chi dice «Hai i nervi saldi» o «Hai buone gambe»). Gli disse anche: «Voglio renderti ricco». E mio padre disse a mia madre: «Ti renderò ricca», quando l'unica cosa che lei desiderava era che lui la amasse di più.

«È il momento di comprare terreni», suggerì mio padre quando il Console espresse il suo desiderio di costruire qualcosa sulla terraferma. Nasir Alí, con le labbra viola e lucide di vino rosso (era musulmano ed era un bevitore), parlò di costruire alberghi. Una catena di alberghi. Una catena di alberghi di lusso. A tutti e tre sembrò una cosa buona, interessante e sicura.

Quando, di ritorno da quella cena, mio padre le raccontò entusiasta com'era andata e le parlò della nascita della «Catena», come di lì in poi fu chiamato il progetto, mia madre non fece i salti di gioia. Era un modo per fargli presente che non aveva ancora niente in mano e che lei non era sicura che quella nuova vita non sarebbe stata piena di labbra truccate.

La vita filava liscia come l'olio. Tutto quello che mio padre voleva, Ahmet Kemal poteva darglielo. La sensazione era meravigliosa. D'un tratto mio padre era un uomo che avrebbe trionfato, vale a dire che da quel momento in poi sarebbe riuscito in tutto ciò che si fosse proposto, come Ahmet. Tuttavia, avendo la possibilità di trionfare, aveva anche la possibilità di fallire. Fino a quel momento non era stato un uomo di successo, ma neanche un fallito. Forse per questo il padre di quei giorni lontani, che adesso mi compare davanti, è debole ed è forte, è risoluto ed è timoroso, è affettuoso ed è distante, è allegro ed è triste. Quando lui era debole, timoroso, distante e triste, io sarei stata forte e implacabile e lo avrei protetto, avrei tolto gli ostacoli dal suo cammino, così lui sarebbe stato contento.

Quando mio padre andava a vivere la vita con il Console e Nasir Alí, io mi addormentavo concentrando i cinque sensi in un punto immaginario che brillava al centro di una scatola nera. Lì c'era la mia famiglia, le persone che conoscevo, le persone e le cose che non conoscevo ma di cui avevo sentito parlare. Tutto era custodito nella scatola e la scatola nella mia memoria. Io, dall'esterno, ordinavo alla scatola che i miei genitori e i miei fratelli non morissero, che mio padre riuscisse a sentirsi soddisfatto, che mia madre potesse essere felice, cioè allegra.

Identificai la felicità con l'allegria finché non scoprii in me stessa la malinconia durante i pomeriggi piovosi e solitari, una condizione di tristezza mille volte più piacevole dell'allegria. Perciò era possibile che a volte mia madre fosse felice senza che io me ne rendessi conto. Cercai sempre con tutte le mie forze di essere al corrente di ciò che accadeva dentro mia madre, e non avevo altro modo per scoprirlo che sorvegliare il suo viso. E l'espressione di un viso può farti molto male, perché non puoi prenderlo con le mani e modificarlo a tuo piacimento.

Tra le persone che non conoscevo e di cui sentivo parlare, la Turca era la più affascinante. Di lei Olga diceva che era una pigrona e una furbacchiona, una donna inutile e indolente. «Lui non la sopporta. Si lamenta sempre che le fanno male le gambe e bisogna portarle tutto mentre lei se ne sta stesa sul divano.» A tutti quelli che le passavano accanto chiedeva qualcosa: un caffè, un libro, di tutto. «Ahmet mi ha raccontato che cerca di non avvicinarsi perché, quando lo fa, lei gli rivolge gli occhi assonnati e una voce che lo chiama come dal fondo di un cuscino.» A quel punto la Turca mi compariva davanti mezza distesa e mezza malinconica, come se tutta la sua vita fosse un lungo pomeriggio triste e felice. Aveva deciso di non complicarsi la vita e di aspettare comodamente su un divano che suo marito tornasse completamente. Invece Olga si sentiva in obbligo di agire, di andare in prima persona verso la vita.

Quando il fratello importante del Console arrivò in ospedale, trovò un'infermiera che lo stava assistendo. Gli stava dando una pillola bianca così piccola che faceva pensare che una quantità minima avrebbe potuto guarirlo o ucciderlo. Lui era esageratamente magro e pallido. E Olga disse al fratello che doveva dimagrire ancora un altro po' per poter essere operato. Il fratello buttò il soprabito e il cappello su una poltrona. Era inverno. Ricordando quella situazione, Olga era sempre molto precisa. Raccontava, per esempio, che il soprabito era di tessuto cammello, che Ahmet stava finendo di mangiare un filetto alla piastra e una pera e che il fratello aveva guardato con grande inquietudine i rami spogli di un albero al di là della finestra, e che poi si era avvicinato alla finestra e aveva lasciato vagare lo sguardo lungo la strada. Che la giornata era grigia e ventosa, e che Ahmet aveva guardato la schiena di suo fratello con un'espressione di tenerezza e gratitudine mentre masticava l'ultimo boccone.

«Abbiamo un incontro con i medici tra mezz'ora», comunicò Olga al fratello, che si allontanò dalla finestra, andò verso il letto e prese la mano di

Ahmet. Gli disse: «Io e Olga risolveremo tutto. Non preoccuparti». Gli parlò in francese affinché anche Olga potesse capirlo. Adesso erano complici.

Incontrarono i medici, che si spiegarono senza giri di parole: Ahmet, che dal suo letto bianco stava probabilmente osservando la malinconia del pomeriggio, come poco prima l'aveva osservata suo fratello, aveva una probabilità su mille di salvarsi.

L'espressione di gratitudine che Ahmet aveva rivolto al fratello minore un attimo prima si conficcò nel cuore di Olga. Ahmet aveva cinquantacinque anni e suo fratello lo ammirava e lo proteggeva perché voleva conservare quel padre-fratello forte e generoso, come non arrivano mai a essere del tutto né un padre né un fratello. Sembrò tornare indietro nel tempo, forse fino alla nascita di suo fratello, quando lui aveva già dieci anni. E poi avanzò di nuovo nel tempo fino ad arrivare al momento in cui aveva incontrato Olga. La guardò perdendola, la stava perdendo. E Olga seppe – non solo grazie alla diagnosi dei medici, ma anche ai segnali che provenivano dall'interiorità dello stesso Ahmet, in cui c'era ancora la vita e anche la morte – che quest'ultimo non avrebbe più potuto continuare a scoprire ciò che gli piaceva di più e che poteva trovare soltanto nelle persone: occhi belli come quelli di Olga.

Dopo due giorni partirono tutti e tre in aereo per la Germania. Ad Ahmet, che era sempre stato un uomo robusto, tutti i vestiti andavano larghi, e si reggeva il cappello con una mano grande e ossuta. Il suo segretario personale andò ad accompagnarli in aeroporto. Parlò con lui e il fratello e aprì una cartellina che conteneva alcuni documenti. Il fratello la richiuse. Evidentemente il segretario non sapeva che il suo capo aveva una probabilità su mille di sopravvivere e che non era il momento di perdere tempo con i documenti. Subito dopo, però, sembrò capire tutto. Sembrò rendersi conto che probabilmente non avrebbe più rivisto il Console e appuntò lo sguardo sulla sua mano grande e ossuta, i suoi occhi infossati, i piedi lunghi e sottili e le spalle appuntite, che sostenevano un soprabito spigato grigio di due taglie più grande rispetto alla sua. Il soprabito spigato si voltò e si rivolse al segretario. Gli diede la mano e gli disse qualcosa in turco. Olga chiese al fratello di Ahmet di tradurglielo e lui lo tradusse con una specie di sorriso: «Gli ha detto: "Stia attento alle donne"».

L'aereo decollò levandosi in volo. Accanto ad Ahmet Olga vide dal finestrino un aeroporto, una città, una provincia e poi una cartina, che finì per sparire tra le nuvole. Il Console accavallò come poté le lunghe gambe e chiuse gli occhi. Olga lo guardò di sbieco e non smise di guardarlo per tutto il viaggio, perché il suo sguardo lo manteneva in vita. Che fosse quello il vero amore, così diverso da quello dei miei genitori? Molto tempo dopo, quando avevo ormai quindici anni, chiesi a Olga cosa pensava dell'amore, visto che tra quelli che conoscevo mi sembrava la voce più autorevole. «L'amore è la luce», disse. «E, quando la luce si spegne, resti cieca per un po'.»

Durante il volo Olga fu sul punto di prendergli

la mano, ma Ahmet alzò quella stessa mano per chiamare la hostess. Le chiese una bottiglia di champagne. Olga fu tentata di mettersi a gridare, perché un solo bicchiere avrebbe potuto ucciderlo sul colpo. Ma lui disse, come se non fosse malato, non pesasse venti chili di meno e non dovesse essere operato a cuore aperto: «Non so vivere senza queste cose». Olga gli sorrise e gli riempì persino il bicchiere.

Tornando da scuola all'ora di pranzo, trovai una lettera di Olga nella cassetta della posta. Era aprile e i rami degli alberi che circondavano il nostro condominio di calle Uruguay erano totalmente coperti di foglie e pieni di uccelli. Ogni tanto da uno di essi si levava uno stormo che volava in cielo formando un triangolo.

Porsi la busta a mia madre e le dissi: «È di Olga». Poi mi sedetti accanto alla finestra e mi misi a guardare fuori.

Dopo un po' mia madre annunciò: «Il Console è ad Ankara e sta morendo», e piegò la lettera, la infilò nella busta piena di timbri e bolli e la buttò su un tavolo. La lettera era sul tavolo, il Console era agonizzante ad Ankara e io stavo guardando fuori dalla finestra. Dalla finestra si vedeva la strada lunga, a doppio senso, che percorrevo per andare a scuola. Di mattina camminavo con la testa rivolta verso le vetrine dei negozi di destra e all'ora di pranzo tornavo a casa facendo la stessa cosa rivolta verso sinistra. Stavo pensando a questo quando sentii i passi caratteristici di mio padre e quelli di mia madre che gli andavano incontro: «Ha scritto Olga». Da come lo disse, si capiva cosa intendeva.

«È già morto?» chiese lui togliendosi la giacca.

«Ancora no. È ad Ankara. Ha chiesto a suo fratello di portarlo lì. Immagina che colpo per Olga.»

Non si parlò più di quella questione fino a sera, quando mio padre aprì il portafogli e tirò fuori un biglietto da visita: «Nasir Alí. Promotore», lesse ad alta voce con un mezzo sorriso deluso e ci passò sopra la mano come se stesse pulendo uno specchio e nello specchio fosse riflesso lui che dirigeva la Catena. Aveva avuto tra le mani l'opportunità di essere ricco come adesso aveva il biglietto di Nasir Alí. Lo infilò di nuovo nel portafogli e il portafogli nella giacca.

C'era stato un periodo in cui mio padre era stato a sua volta un uomo d'affari, quando andava a Barcellona per parlare della Catena con il Console e Nasir Alí. Ne parlavano seriamente, discutevano di terreni, architetti, dimensioni, arredatori, dipendenti. La ricchezza di Nasir Alí proteggeva i loro sogni. Mio padre aveva realizzato uno studio di fattibilità economica sul progetto, che occupava un centinaio di pagine e che teneva in una cartella, dove entravano anche due camicie, un nécessaire e della biancheria intima. Il destino di quella borsa, mezza cartella e mezza valigia, era legato a quello del progetto e, con la morte di Ahmet Kemal e lo scioglimento della società, finì sopra un armadio, coperta di polvere.

Al ritorno dai suoi viaggi mio padre correggeva quelle cento pagine, modificando cifre e aggiungendone altre.

Contava sul fatto che Nasir Alí e Ahmet Kemal continuavano a lodare la sua grande dimestichezza con i numeri e la sua capacità organizzativa e che, per quanto non avrebbe messo capitale nella società, ci avrebbe messo la testa, cosa che stava già facendo risparmiare loro molti soldi. In un paio di occasioni non dovette neanche prendere il treno per andare a Barcellona, venne a prenderlo a casa nostra l'automobile nera del consolato.

Mio padre iniziò a conoscere persone come albergatori, banchieri e gente di gran gusto come designer e ragazze con cui diede sfogo al suo bisogno di essere sempre innamorato. Che ai pranzi e alle cene d'affari ci fossero anche ragazze «di quelle», mia madre non se lo toglieva dalla testa. Da una parte mio padre stava per diventare importante, dall'altra quel cambiamento comportava per lei un nuovo motivo di tristezza. Il suo sguardo, allora, assumeva quell'espressione lontana o distratta che si scopre guardando le fotografie.

Quando mio padre tornava da quei viaggi – non di lavoro, ma di affari – mia madre gli chiedeva cosa aveva fatto e con chi era stato, mentre osservava lui, la cartella aperta sul letto e tutto quello che ne tirava fuori come se fossero bombe a mano. Aveva paura perché in futuro mio padre avrebbe solo potuto raccontare e lei avrebbe solo potuto immaginare.

«Ahmet Kemal e Nasir Alí sono uomini di mondo», aveva detto mio padre per descrivere l'ambiente nel quale avrebbe dovuto muoversi di lì in avanti.

La morte del Console annientò le grandi speranze di mio padre, annientò Olga con il suo vestito rosso, la Turca (sempre distesa), il fratello con il suo vestito gessato blu seguito da due guardaspalle, il paseo de Gracia così come lo si intravedeva e lo si sentiva confusamente dalla stanza disordinata di Olga. E annientò la preoccupazione di mia madre che suo marito cambiasse più in fretta di lei e che a lei questo non piacesse per niente.

Il Console smise di esistere e a noi rimase esclusivamente la nostra esistenza; soprattutto a mio padre, che aveva conosciuto Ahmet Kemal, l'uomo più interessante, e Nasir Alí, l'uomo più ricco.

«Forse potete continuare con gli alberghi anche senza di lui», gli disse mia madre dopo avergli annunciato che il Console era spirato nella sua casa di Ankara, circondato dalla famiglia.

Mio padre si era già abituato all'idea, ma quella era la conferma che doveva tornare alla sua routine. Io avevo sentito dire da qualcuno, forse proprio da mio padre, che la fortuna è un cavallo senza fantino che passa a tutta velocità in attesa che qualcuno lo monti. Ebbene, il suo cavallo erano stati Ahmet Kemal e Nasir Alí e a quel cavallo, quando stava per montarlo, si erano piegate le zampe ed era morto. Rispose a mia madre scuotendo la testa: «È stato Ahmet a darci l'impulso, senza di lui l'attività non esiste. L'aveva immaginata per me, per cavarmi fuori da questo buco».

Dopo aver sentito quelle parole mia madre si scurì in volto, le si indurirono i lineamenti e così, induriti, sono rimasti fino a oggi. Credo che in quel momento mio padre smise di interessarle e che si meravigliò del fatto che un tempo le fosse interessato.

A partire da allora avremmo cercato di districarci in quella che alcuni chiamano la dura realtà, quasi senza svaghi né allegria, né sorrisi eccessivi. Sentivamo che mio padre viveva in un buco e noi con lui.

Mia madre ricevette la notizia della morte del Console di mattina, mentre era sola in casa. Lo venne a sapere attraverso una telefonata di Olga.

Durante la telefonata Olga non aveva pianto, ma si era dimostrata triste, aveva perso spesso le staffe e aveva parlato non come se Ahmet fosse morto, ma come se lo avessero rapito, glielo avessero strappato e lo avessero portato lontano. Nell'espressione di mia madre si era fissata la Olga che era rimasta accanto ad Ahmet durante la sua malattia, l'operazione durata dieci lunghe, interminabili ore, i venti giorni del periodo post-operatorio, durante i quali si riprendeva e peggiorava senza una logica, e che non aveva potuto rimanergli accanto alla fine, in quell'istante che è tutta la vita perché è l'ultimo e perché dopo non ce n'è un altro. Lui aveva preferito stare da un'altra parte e con altre persone. Mia madre modificò l'espressione e disse: «Questa è la fine delle follie».

Per mio padre era finito un sogno e per Olga era finita una luce.

Olga si stabilì definitivamente nel suo appartamento della Gran Vía, che fino a quel momento aveva alternato con il consolato. Di tanto in tanto compariva a casa nostra senza soldi e con un mucchio di abiti e scarpe dentro una valigia. Non aveva un lavoro, non le interessava niente. Non sapeva neanche più vestirsi, abbinava male abiti e accessori. Seguiva mia madre per tutta la casa come un cagnolino. D'un tratto non sapeva niente e non serviva a niente. Verso sera iniziava a riprendersi con un bicchiere di cognac e, se non lo beveva, si sentiva strana. Tutti le dicevano con insistenza: «Smettila di pensare in continuazione a lui. Non c'è più niente da fare». E lei rispondeva: «Ci provo, ma per quanto io mi sforzi non riesco a dimenticare. È più difficile che ricordare». Finché un giorno, nel modo più casuale, s'imbatté in un uomo di quarant'anni che portava un abito leggero color beige, camicia e scarpe d'importazione, senza cravatta e con un buon odore, un miscuglio non di profumi ma di abitudini (sigarette bionde e caffè nero), che lei aveva sentito solo addosso ad Ahmet Kemal. Il suo aspetto sembrava essere più avanti rispetto al periodo e al paese. Era estate. Una mattina di giugno. Olga stava rinnovando il passaporto e anche lui. Parlarono.

Si chiamava Albert Climent. Era davvero moderno, progressista, e aveva un ottimismo che mancava dappertutto. Si sposarono. Nelle case successive dei miei genitori c'è sempre stata una foto del loro matrimonio, in cui la coda del vestito bianco di lei s'impiglia nei pantaloni neri di lui.

Olga sembrava aver ricostruito la propria vita. E scomparve dalla nostra.

Olga comparve di nuovo nel nostro mondo quando nacque suo figlio, Carlos Climent. Albert si era sommato a Olga e a loro due si sommò Carlitos. Olga tornò a noi triplicata. Albert si occupava di affari immobiliari e insieme a Olga e a un socio misero in piedi un'agenzia. Lei ci scriveva spesso dicendoci che erano «indebitati fino al collo», ma che, se vi si fossero dedicati corpo e anima, avrebbe potuto diventare un'attività interessante. Adesso aveva un marito, un figlio, un'impresa, debiti e fatture. Finalmente il Console era stato dimenticato. Era stato inghiottito dalla vita difficile dei Climent.

Continuavano a vivere a Barcellona, nell'appartamento della Gran Vía. Quell'appartamento era all'avanguardia rispetto agli standard dell'epoca. Era funzionale e impersonale fino a dare l'impressione che non ci vivesse nessuno, ma che qualcuno ci passasse solo di tanto in tanto, restasse per un po' sprofondato in poltrona e che al massimo si preparasse un paio di omelette. Non ti attanagliava come una casa in piena regola, e non ti legava neanche. A me piaceva. Così sarebbe stata la mia casa del futuro, un posto che non dicesse molto di me, che non fosse il mio specchio e che non mi definisse, dove chiunque potesse entrare senza avere la sensazione di entrare nella mia anima. L'ultima volta che ci andai fu quando avevo dieci anni e da allora non ci sono più tornata.

Successe a settembre, al ritorno dalla nostra villeggiatura con la famiglia Climent sulla Costa Brava. Arrivammo all'ora di pranzo. Olga ci aspettava con un sacchetto di carta marrone unto e dentro due polli arrostiti. Ci disse, con il suo solito nervosismo, mentre tagliava a pezzetti il pollo e preparava un'insalata: «Non posso pranzare con voi. Ho un appuntamento con dei clienti in ufficio. Tornerò intorno alle cinque».

Ma non tornò. La aspettammo tra vestiti buttati sulle sedie e fogli abbandonati sui tavoli (il disordine continuava a essere il marchio di fabbrica di Olga), finché non decidemmo di andare a fare una passeggiata lì intorno. Fu il pomeriggio in cui mio fratello si perse, in cui, in un momento di distrazione di tutti noi, mio fratello, che aveva tre anni, scomparve tra un migliaio di persone e almeno cinquecento macchine.

Al nostro ritorno a casa Olga non era ancora rientrata. Ci aprì la porta Albert. Entrare in un posto dove c'era lui era come arrivare a una festa. Sembrava sempre pronto a divertirsi, forse intuiva già che la sua vita sarebbe stata breve. Con quell'atteggiamento disse: «Ceniamo, Olga arriverà quando vorrà».

Il suo comportamento ti faceva venire voglia di

crescere, ti dava l'impressione che, dal punto in cui si trovava lui, fosse tutto chiaro, senza misteri, e si potesse distinguere ciò che era importante da ciò che non lo era. Ebbi la sensazione che essere grande significasse essere potente, e che valesse la pena sopportare e aspettare.

Senza perdere il sorriso, Albert spiegò ai miei genitori che la loro attività attraversava un momento critico.

«Abbiamo comprato troppo e non vendiamo rapidamente come ci saremmo aspettati.» Si avvicinò una bottiglia di vino bianco al petto e tirò il cavatappi. «Siamo sommersi dai debiti.»

Mio padre guardò la bottiglia che stavano per bere e poi Albert, che doveva avere qualcosa dentro che lo rendeva felice nonostante tutto. Mio padre non lo capiva. Forse quella era una delle poche cose su cui lui e mia madre erano d'accordo. «È un irresponsabile», dissero più tardi, e aggiunsero: «Questa è una cosa che può succedere a chiunque». Si riferivano alla possibilità di perdere i soldi. Volevano dire che chiunque, se si mette in affari, può perdere soldi, ma che solo un irresponsabile non ne resta amareggiato. A giudicare dal suo atteggiamento allegro e spensierato pareva che nella vita di Albert ci fossero altre cose che gli facevano sembrare un'inezia la sua imminente rovina.

Albert sapeva arrivare al mio mondo e insegnarmi le cose. Mi insegnò a nuotare e mi insegnò a voler crescere. Io, però, non potevo raggiungere il suo mondo né tantomeno, purtroppo, aiutarlo in alcun modo.

Lo sentii dire anche: «Io e Olga non andiamo d'accordo».

I miei genitori si preoccuparono e non dissero niente. La luce della lampada li isolava intorno al tavolo, come in una bolla lontana. Davanti a me s'illuminavano i bicchieri vicino alle bocche e il mondo di mio zio che andava a pezzi.

Per preparare la cena si era messo un paio di jeans, che lui preferiva definire calzoni di denim, e un berretto di tela bianca con la visiera, che di solito usava in spiaggia. D'estate sembrava attratto da tutto ciò che era americano. Sotto la visiera si allargò il suo caratteristico sorriso che, lo capii allora, non era di allegria, ma di fraternità.

«Stiamo per separarci.»

I miei genitori non seppero cosa dire. Lui proseguì: «La nostra vita è un inferno e per sopportare l'inferno bisogna essere morti».

Parlava di una situazione disperata senza disperazione. Ciò conferiva a tutto un'aria di fatalità ancora più grande.

«Olga è d'accordo?» chiese mio padre.

Albert fece spallucce: «Non c'è altra via d'uscita».

«E va bene, ma lei che dice?» insistette mia madre.

«Non ha nessun interesse a uscire dall'inferno.»

Mio cugino giocava in un angolo con la serietà di un uomo. Stava già scegliendo di essere tollerante, imparziale e riflessivo. E lo fu. Anni più tardi gli avrei sentito dire spesso: «Va bene, mamma, ne parleremo quando sarai più tranquilla». Oppure: «Per favore, non ci pensare, non ha importanza». O ancora: «Non c'è motivo di precipitarsi, conviene rifletterci bene». Aveva deciso di essere normale, al punto che non gli importava distinguersi in nessun modo. Avrebbe scelto una donna che fosse a sua volta così e la sua vita sarebbe trascorsa all'insegna della ricerca della tranquillità.

Tutto ciò si presagiva già nel piccolo Carlos circondato dai giocattoli. Intanto suo padre riempiva i bicchieri e ripeteva che non c'era soluzione. Con la visiera puntata verso il basso disse: «Non ho intenzione di smettere di divertirmi, capite? E neanche lei, la conoscete».

Faceva paura pensare a loro due, così nitidi e distinti, uno di fronte all'altra, che conducevano Carlitos al disastro. Nelle parole di Albert risuonava l'eco del caos. A mia madre tremò il bicchiere che aveva in mano, forse perché aveva di fronte a sé l'abisso che tanta paura le faceva: «Questi bambini devono mangiare qualcosa», disse ad alta voce, tenendo lo sguardo fisso su di noi. In realtà noi bambini eravamo il caos, i figli delicati a cui non voleva fare del male. Noi eravamo il materiale che si poteva distruggere e ridurre in pezzi. Poi guardò mio padre tendendo tra di loro un cavo di acciaio, che eravamo noi figli.

C'era una grande differenza tra i miei genitori e i miei zii, che consisteva nel bisogno dei primi che tutto durasse per tutta la vita. Se desideravano comprare qualcosa, aspettavano fino a quando potevano permettersi il meglio, perché il meglio durava. Provavano avversione nei confronti di ciò che si rompe in fretta e si butta. Loro volevano che un cappotto, dopo essere passato di moda varie volte, fosse nuovo, che una poltrona fosse eterna e che un vincolo come il matrimonio potesse essere dissolto solo dalla morte, anche se era un inferno, come diceva Albert. Quello che era successo con Ahmet Kemal andava bene (solo la morte lo aveva strappato dal fianco di Olga), ma la storia di Albert andava male. Eppure volevamo bene ad Albert molto più di quanto ne avessimo mai voluto ad Ahmet, perché tutta la sua vita disastrosa era tra di noi, mentre parte della vita disastrosa del Console era un mistero.

Mio padre fu un buon amico per Albert. Molte volte, durante il lungo processo della loro separazione, cercò di intercedere per lui con Olga, ma lei aveva deciso di non cedere, si era convinta che erano nemici.

Olga cominciò a ricomparire a sorpresa a casa nostra con il bambino e senza soldi. D'un tratto una burrasca li sospingeva nel nostro salotto con una valigia al seguito e vi si trattenevano per vari giorni. Olga raccontava che stava cercando lavoro. Non aveva soldi. Gli avvocati erano avvoltoi.

Il socio di Albert era un mascalzone, cinico e pericoloso. Il nome di Albert restava triturato per un bel po' tra i suoi denti.

Anche Albert si presentò varie volte da noi. Arrivava da solo e senza bagagli, e di solito ci portava in regalo una scatola di cioccolatini. Generalmente, quando arrivavo io, lui era già seduto lì in soggiorno con le gambe accavallate, che gli lasciavano scoperti i calzini e una striscia di pelle bianca. Si presentava in giacca e cravatta, tutto profumato.

Gli andava tutto bene. Io ero cresciuta molto. Ci invidiava. Olga non gli aveva perdonato il fallimento dell'agenzia immobiliare. Erano due mesi che non vedeva mio cugino Carlos.

Disse: «Sono due mesi che non vedo mio figlio», e i suoi occhi, grandi e grigi come quelli di Carlitos, rimasero spalancati e supplicanti. Si appoggiava i gomiti sulle ginocchia e il mento sulle nocche intrecciate. Le gambe dei pantaloni erano leggermente sollevate. La piega stirata di fresco puntava in avanti come una freccia. Era teso.

Albert mangiava con noi e parlava molto con i miei genitori. Chiedeva qualcosa. Io venivo costretta a uscire dalla stanza e non riuscii mai a scoprire di cosa si trattasse.

Il cielo è azzurro, i pini verdi e la sabbia bianca. Sono bianche anche la schiuma dell'acqua e tre o quattro nuvole. Oggi ho imparato a nuotare. Me lo ha insegnato Albert.

Si scandalizzò scoprendo che io, a nove anni, non sapevo nuotare e si propose di rimediare. Mi disse: «Adesso ci buttiamo in acqua e non usciamo finché non nuoterai come un pesce». Rimase a darmi istruzioni con l'acqua che gli arrivava all'altezza dei fianchi e sotto un berretto con la visiera, finché io non fui in grado di passargli davanti sguazzando a tutta velocità. Quando fui stanca di nuotare mi lasciai sospingere dall'acqua fino al bagnasciuga e, appena mi tirai su, lo cercai con gli occhi socchiusi. Il sole tremava sopra di lui. Le onde salivano e scendevano. Il suo sorriso si perdeva nel riverbero della luce sull'acqua. Vari anni più tardi si perse per sempre. Morì d'infarto sotto la doccia. Era da solo e l'acqua continuò a scorrere finché non lo trovarono. Allora io avevo tredici anni e non riuscivo a cancellare l'immagine di lui che cadeva in ginocchio e poi di lato e il rumore dell'acqua sul suo corpo nudo e i suoi occhi aperti. Avrei preferito non sapere com'era morto, solo che era morto. Così avrebbe smesso di esistere a poco a poco e in modo pacifico, come assorbito dalla luce e dal calore della nostra lontana vacanza in Costa Brava.

Fu alla fine di quella vacanza che Albert dichiarò: «Non andiamo d'accordo» e: «Questo è un inferno». Si riferiva a sé stesso e a Olga. Era ancora molto preso dai suoi affari immobiliari e veniva al mare solo durante il fine settimana. Lo accompagnava mio padre, che a sua volta aveva da fare a Barcellona. Si presentavano di venerdì e se ne andavano la domenica sera. Si lamentavano perché lavoravano tanto. Allo stesso tempo Olga e mia madre si lamentavano dei problemi che davamo loro noi bambini. Io ero la più grande di tutti e amavo mettermi un kimono di seta che mi aveva regalato Albert, ma neppure con il kimono addosso riuscivo a concentrarmi sulla mia infanzia. C'erano costantemente gli adulti con le loro innumerevoli preoccupazioni, il loro lavoro, i loro occhi dietro i quali c'erano altri occhi, che avevano visto molte cose che io dovevo ancora vedere; ciascuno dei loro gesti era il risultato di molti gesti, ciascuna delle loro parole coronava una montagna di parole, ciascuno di loro era un mucchio di ore che avevano trascorso senza di me. Un tempo completamente fuori dal mio. In quelle montagne di preoccupazioni, occhi, gesti e ore, c'erano continui cambiamenti di umore, crisi e una certa tendenza a soffrire e far soffrire.

Dissi ad Albert che avevo deciso di fare la scrittrice. Lui annuì pensoso. Eravamo seduti sulle rocce della scogliera. Albert teneva in mano una canna da pesca e accanto a noi, dove la roccia era piatta, una ragazza bionda aveva steso un asciugamano bianchissimo. Mi avvicinai a lui e lo informai con spirito cameratesco che accanto a noi c'era «una bionda», come Albert e mio padre definivano quel tipo di donne. Lui guardò la ragazza e poi rivolse la stessa occhiata all'acqua, dove affondava la lenza: «La vita non è quello che sembra. Non è né migliore né peggiore di ciò che immaginiamo, ma è sempre diversa». La sua espressione era seria ed era fissa sulle onde, che s'infrangevano placidamente ai nostri piedi. Anch'io ero seria. Osservai la bella immagine della chioma dorata della ragazza sull'asciugamano bianchissimo. Sembrava che alla fine tutti arrivassero alla conclusione che la vita era una cosa piuttosto seria e volevano che io lo sapessi.

Lo sapevo. Mentre avvertivo intorno a noi ciò che avrebbe potuto implicare felicità (un giorno limpido e caldo con la sua leggera brezza gialla che soffiava sulle foglie, i capelli e la pelle), ne diffidavo. E intuivo che ne diffidava anche Albert. Probabilmente solo i pesci e i gabbiani avevano la certezza di ciò che vedevano: cielo, acqua, altri pesci, altri gabbiani, una grande imbarcazione, come un palazzo di tre piani, che saliva e scendeva in lontananza.

Trascorsi due ore accanto a lui osservando i suoi sforzi per interessarsi alle mie cose e sembrarmi contento: «Vivere è combattere», proseguì. «Non devi mai rassegnarti.»

«Non abboccano, Albert?» chiesi io.

«E come fanno ad abboccare? Non ci sono.»

«La bionda se n'è andata», gli dissi.

Lui girò con indifferenza la testa verso lo scoglio piatto e sgombro. Un'ombra ci coprì e io avvertii un brivido.

«Sentiamo, che cos'è questa storia che vuoi fare la scrittrice?»

Feci spallucce, non avevo voglia di spiegarglielo.

Lui iniziò a riporre l'attrezzatura nella cesta: «Se cominci qualcosa tanto per fare, tanto vale che tu non faccia proprio niente».

La marea era salita e adesso sulla scogliera faceva freddo. D'un tratto non c'era più nessuno. Attraversammo la sabbia scalzi e, quando arrivammo a casa, dicemmo che non avevamo pescato niente. Tutti commentarono che il mare era inquinato e il paesaggio ormai distrutto.

«Abbatteranno» – non erano sicuri di quanti ettari – «la pineta per costruire delle case.»

Olga teneva in mano il bicchiere di cognac che la tirava su di pomeriggio: «È una vergogna. Villette su villette. Affari su affari. Ve lo dico sinceramente, io me ne vado a vivere in Francia. Lì la gente è più civile».

Albert non ascoltava. Con il suo aspetto da americano si rivolse a mio padre.

«Sai a quanto si vendeva al metro quadro dieci anni fa?»

«Immagino alla metà.»

«Alla metà della metà. Siamo stati stupidi.»

«Perché stupidi?» intervenne Olga con il bicchiere vuoto. «Ci stiamo godendo al massimo questa meraviglia. Adoro questo posto.»

«Conosco la cala da tutta la vita e adesso arrivano i tedeschi e fanno affaroni», disse Albert.

Olga lo guardò con disprezzo: «Non ti dispiacere di quello che fanno gli altri. Devi dispiacerti di quello che non sei in grado di fare tu».

«Dovremmo iniziare a pensare a un altro posto in cui passare le vacanze», intervenne mia madre, dando tutto per perduto.

«Se avessi avuto i soldi, avrei comprato tutta la montagna», affermò mio padre, pieno di risolutezza ed energia.

Albert gli mise una mano sulla spalla: «E l'avremmo riempita di tetti e di luci».

Olga si versò dell'altro cognac e commentò rassegnata: «Sempre la stessa storia». Poi si rivolse a mia madre: «Sai, ha una grande fantasia. Avrebbe dovuto fare l'artista. Qualunque cosa, tranne l'imprenditore».

Albert era abituato a non prestare ascolto ai commenti di Olga: «Che stronzi questi tedeschi! Hanno trovato l'oro».

Mio padre era d'accordo con lui: «La gente paga qualunque cifra per una catapecchia a luglio e agosto».

Pensai che, visto che si trattava dello stesso argomento, qualcuno avrebbe menzionato la catena di alberghi di cui mio padre sarebbe stato il direttore se Ahmet Kemal fosse stato ancora vivo, ma in realtà, se Ahmet fosse stato ancora vivo, quello che stava succedendo in quel momento non sarebbe successo. Non contava più. Nessuno disse niente.

Olga si scompigliò i capelli con la mano ed esclamò: «Bah!».

Albert andò verso di lei con passo deciso e la prese in braccio. Olga rideva come una bambina. Distolsi lo sguardo da loro e mi sembrò che i miei genitori facessero altrettanto. Olga era ingrassata troppo e non era facile tenerla in braccio. I suoi capelli, neri come un nuvolone di tempesta, si aprirono in aria emanando un odore di sale e iodio. L'espressione di Albert trasformò la vita triste in vita degna di essere vissuta. Si rivolse a me: «Mi prometti che studierai molto?».

Fui sul punto di annuire, ma mi trattenni perché volevo stare nella vita di Albert in modo onesto.

Non appena Albert e mio padre la domenica partivano, Olga usciva e continuava a farlo tutte le sere durante la settimana. A volte usciva anche mia madre, finché un giorno decise di non farlo più.

Olga rise dei suoi scrupoli: «Cosa pensi che facciano quei due a Barcellona?».

Mia madre piegava i panni. Li prendeva da un mucchio disordinato e li impilava in un mucchio ordinato. Nelle sue pupille scorrevano rapide delle immagini, dove probabilmente c'era mio padre a Barcellona.

Olga fumava osservando i mucchi di panni: «Credi che lavorino giorno e notte?».

Pensai di nuovo che Olga stava ingrassando troppo. Pensai che era più difficile essere come Olga che essere come mia madre. Olga si abbassò la maglia e allungò il busto cercando di sembrare più snella: «Perché dobbiamo divertirci meno di loro?».

Mia madre era stata messa alle strette, il suo

comportamento non aveva giustificazioni, anche se c'era sempre la possibilità che neanche mio padre si stesse divertendo a Barcellona.

«Domani uscirò», disse alla fine.

Olga la guardò con compassione, nello stesso modo in cui mia madre aveva guardato lei molte volte e l'avrebbe guardata ancora in futuro.

Spesso, di mattina, correvamo lungo la battigia fino ad arrivare a quello che mio cugino e i miei fratelli chiamavano «il palazzo arenato», «il castello storto», «la casa inclinata». Un giorno, mentre correvano (come tutte le volte che non stavano fermi), avevano visto quelle colonne e quegli archi arabeggianti tra la sabbia e i cespugli ed erano andati a osservarli da vicino. I muri erano bianchi e gli archi blu e dentro non c'era nessuno. La parte meridionale della costruzione era leggermente inclinata. Sembrava che fosse stata trasportata lì dalla marea. Correvamo per andare a vedere quel palazzo. I piedi sbattevano contro l'acqua e l'acqua esplodeva in mille pezzi di vetro e così avanzavamo, lasciandoci alle spalle le copertine delle riviste della prima fila di sdraio. Sulla facciata dell'edificio passavano tanta luce e tanto caldo.

Sotto gli archi faceva fresco, ci sedevamo e inspiravamo per un attimo l'odore di umido e distruzione dell'interno. Quest'ultimo era come un grande garage pieno di pali, in cui circolava il chiarore del cemento.

Ci era proibito entrare lì dentro. «Potrebbe crollare da un momento all'altro», disse qualcuno quando si parlò della scoperta. E anche: «È una vergogna, perché non è l'unico caso. Qui le costruzioni non resistono a una mareggiata».

Eravamo tornati dalla spiaggia e aspettavamo in costume il nostro turno per farci la doccia. Poco prima, in spiaggia, Albert mi aveva ripreso con un cappello di paglia in testa. Ero dovuta entrare in acqua, uscire e fare qualche stupidaggine davanti alla videocamera. Il giorno dopo guardammo il filmino tutti insieme. Albert mi riprendeva, mi comprava i kimono e mi portava a pescare con lui. Credeva di essere in dovere, ancora non capisco perché, di rendermi, a tratti, felice.

«Il palazzo arenato» in realtà avrebbe dovuto essere un albergo di duecento stanze, ma le fondamenta avevano ceduto.

«È stato la rovina del costruttore», ci spiegò Albert, che cercava di tenersi informato sulle vicissitudini del suo settore. «Aveva investito tutto nell'albergo. È stata una disgrazia.»

«È stata una pessima pianificazione dall'inizio alla fine. Che razza di architetti hanno ingaggiato? Che razza di materiali hanno usato? E il terreno di che tipo è?» disse mio padre, che se avesse avuto un'occasione come quella, e se l'occasione fosse stata un cavallo, ci sarebbe saltato su e non se la sarebbe fatta scappare. «Altro che disgrazia... sono stati dei banditi. Loro sapevano che su quel terreno non si poteva costruire un edificio così grande.»

«E che mi dici del comune?» ribatté Albert.

«Anche. Anche il comune è responsabile. Cosa vuoi che ti dica? Sono gentaglia», e fece il gesto di abbracciare con la mano tutti quelli che non eravamo noi.

La mano era in aria come un piccolo muro dalle dita forti e il palmo rosato. Conoscevo molto bene la mano di mio padre. Sul tavolo, con una penna tra le dita, con un bicchiere, con una sigaretta. Ebbene, quella mano, di cui adesso potrei parlare per ore, tracciò una separazione tra noi e la gentaglia.

L'albergo sarebbe stato circondato di palme.

Quell'estate ebbi per me sola la frase pronunciata da Albert sulla scogliera, che più o meno diceva che la vita non è mai come la vogliamo. Una definizione chiara di una vita confusa, in ogni istante più confusa, perché gli altri non erano più soltanto fuori da me come gli ombrelloni, la scogliera e il palazzo arenato, ma anche dentro, come il cuore, le vene e il grasso.

Di sabato e di domenica uscivamo tutti insieme, a metà mattina, diretti verso la spiaggia. A quel punto vedevo davanti a me il gruppo formato dai miei genitori e dai miei zii, che avanzavano in ciabatte, pieni di preoccupazioni, verso il grande mare. Né nel grande mare né nella vasta sabbia c'era spazio sufficiente per tutte quelle preoccupazioni. Debordavano dal loro animo e s'insinuavano nel mio. D'un tratto tutto intorno a me perdeva innocenza e diventava passionale come Olga, triste come mia madre, troppo allegro come Albert o sconosciuto come mio padre.

Crescere ti sfiniva. Nel giro di poco tempo ti trasformavi varie volte. Ti cambiava il corpo, la faccia, la voce, il colore dei capelli e degli occhi. Il mondo dei grandi era sulla cima di una montagna. Tutto era già fatto. Tutto era già fatto cento anni prima che nascessi, cinquecento e mille. Le vie della vita erano infinite e la pressione su di te – delle vie, del tempo e di tutto ciò che esisteva – insopportabile. Guardavi la cima della montagna e non sapevi se ce l'avresti fatta ad arrivare fin lì, e allora facevi dei grandi salti, da uno a dieci anni e da dieci a venti. Dieci anni di quelli erano molto tempo. Poi, dopo il secondo salto, il tempo andava più lento.

Nell'infanzia c'è il meglio e c'è il peggio. E con il meglio e il peggio dell'infanzia bisogna convivere sulla vetta della montagna che i bambini osservano.

Io ebbi il meglio: un kimono di seta e lo spettacolo di un campo di papaveri alle nove di mattina, quando il sole di luglio ancora non brucia. E il peggio: vedere, sotto quello stesso sole, mia madre che veniva a sapere della morte di sua madre, capire che nel bello c'è anche il brutto.

L'ospite. Lo sconosciuto. Il padre. Tra tutti gli uomini che ho visto passare una sola volta e tra quelli che mi sono stati familiari, tra quelli che devono esistere più in là della mia vita e di molte altre vite, c'era mio padre. Lo vedevo venire verso casa dalla lunga strada che portava a scuola. Si avvicinava con una cartella di pelle marrone nella mano destra, mentre la strada si allontanava e scompariva dietro di lui. Non lo vedevo mai andare via, arrivava sempre. Lo avrei riconosciuto tra milioni e milioni di uomini che arrivavano. E così, riconoscendolo, l'ho visto invecchiare. Questo è tutto. Ciò che una figlia sa del proprio padre è molto poco. Non sa quasi niente del proprio corpo e quasi niente del proprio padre. Eppure suo padre è nella sua vita come un'arteria.

Mio padre non si disperava davanti a noi, ma dovette essere disperato, dovette innamorarsi e dovette piangere. La sua mano conosciuta, i suoi lineamenti conosciuti e i suoi gesti conosciuti erano in uno sconosciuto tra la folla.

Mio padre era appena tornato da un viaggio di lavoro o di affari. Io guardavo fuori dalla finestra i miei fratelli che giocavano. Dietro di me la voce di mia madre risuonò stanca, rassegnata, e io avrei preferito non sentirla: «Abbassa la persiana. Tuo padre deve riposarsi». Mi girai. Lui si sbottonava il primo bottone della camicia con una smorfia di dolore, come se avesse il cuore nel collo e lo stesse stritolando. Poi lo sentii dire: «Sono stanco». E mia madre gli fece capire con un cenno che anche lei era stanca e che resisteva. La massa resiste ed è stanca per un istante, quello di mio padre, mia madre, Albert, Ahmet Kemal e Olga. Quando sono in quell'istante, sono con loro.

Mio padre ripeté: «Sono stanco», seduto su una sedia, cosa che lo trasformava in un uomo stanco condannato a non riposare. Era accanto alla finestra e la luce bianca intrappolata nel vetro rendeva la sua camicia ancora più bianca. Dai polsini, irreali e accecanti, spuntavano le sue mani sconfitte. Era un pomeriggio assolato. Dalla strada arrivavano caldo, rumore, un po' del profumo del piccolo giardino che circondava il condominio, e la sensazione che tutti erano felici e contenti, tranne mio padre, mia madre e io, in quest'ordine.

Pensai allora, come ci penso adesso, a quel posto dove mio padre era seduto. Era l'ultimo piano di un palazzo nuovo che ne aveva tre, con il citofono. Tutto intorno c'erano prato, ligustro e alcuni alberi. Tra quegli alberi si sentivano giocare i miei due fratelli. Di fronte alla casa si allungava indefinitamente la strada della scuola e nella parte posteriore c'erano una falegnameria e un laboratorio di ceramica. Nel laboratorio di ceramica era sempre accesa una radio. Mentre lavorava, il padrone accompagnava fischiettando quasi tutte le canzoni e non gli dispiaceva che io mi trattenessi a lungo per vedere cosa facevano. In realtà mi fermavo a pensare a quanto sarei stata bene se mio padre fosse stato un uomo che fischiettava. Quando sua moglie morì, il padrone del laboratorio smise di fischiettare, ma dopo due mesi ricominciò.

Dalla porta della falegnameria si vedevano assi e trucioli. Uscendo, le scarpe trascinavano la segatura fino alla strada. Più in là c'era il mercato e ancora più in là, attraversando quattro o cinque strade, un passaggio a livello. Non arrivai più lontano di così. Quando giunse il momento di oltrepassare il passaggio a livello, cambiammo città. Attraversai la lunga strada, il mercato e il resto delle strade con un cappotto di lana a quadri, sotto il sole di marzo. Il sole mi si piantava nel cranio, oltrepassava le mie braccia e le mie gambe e mi ubriacava.

Quella fu la casa di calle Uruguay.

Mio padre era ispettore finanziario di un'azienda parastatale. Viaggiava molto e, più o meno ogni tre anni, a ogni promozione, dovevamo cambiare città. Mia madre si è sempre riferita con dolore a quel periodo. Lo chiamava «quello dei traslochi». Quando parlava dei grandi pesi della sua vita, i pesi erano: il ricordo della guerra, i figli, i traslochi.

La guerra l'aveva patita la figlia, la bambina; i figli e i traslochi li aveva patiti la madre, la moglie. Io appartenevo a questa seconda tappa di pesi, la più lunga, quella che definisce una vita come bella o brutta e che definisce una persona come crudele o compassionevole. Mia madre era compassionevole. Provava pietà molto facilmente. Verso i bisognosi. Verso coloro che soffrivano. Verso sé stessa.

Aveva la compassione nel sangue. Non riusciva a reprimerla, come a volte non si riesce a reprimere uno scoppio di risate o una crisi di pianto. Durante il mio primo grande salto d'età, da uno a dieci anni, fui testimone di varie sue dimostrazioni di compassione. Ne racconterò una, quella dell'uomo che andò in carcere.

«L'uomo che andò in carcere» era sposato con una parrucchiera e aveva tre o quattro figli piccoli. Questo tizio lavorava nella stessa azienda in cui lavorava mio padre e mio padre si accorse che si era appropriato indebitamente di molti soldi. Mio padre era una lince in fatto di numeri e, controllando i registri della direzione di cui quell'uomo era responsabile, scoprì che c'era un ammanco di denaro.

«Di parecchio denaro», spiegò a mia madre, che ascoltava il suo resoconto molto preoccupata. «Devo informare rapidamente i capi. È mio dovere.»

«Ne sei proprio sicuro?» chiese lei.

«Assolutamente», rispose lui addolorato. «Ho controllato varie volte.»

Prima di informare i capi dell'appropriazione indebita, mio padre si confrontò con «l'uomo che andò in carcere». Doveva fare il suo dovere, ma non voleva danneggiare il padre di tre o quattro figli piccoli e volle avvertirlo di ciò che stava per succedergli. «È il massimo che posso fare per lei», riferì a mia madre di aver risposto al truffatore, quando quest'ultimo lo aveva supplicato di dargli una settimana di tempo per restituire il maltolto.

«Mi si è inginocchiato davanti. È stato terribile. Io l'ho pregato di non farlo. "Per favore, si alzi", gli ho detto. Lui però è rimasto in ginocchio e ha continuato a piangere. Io mi sono allontanato da lui e sono andato verso la porta. Immagina la scena, eravamo nel mio ufficio e sarebbe potuto entrare chiunque. Non avrei mai dovuto chiamarlo.»

All'«uomo che andò in carcere» non sarebbe bastato neanche un secolo per restituire tutto il denaro che aveva sottratto.

Per questo chiedere a mio padre una settimana

di silenzio era egoista e inutile. Questo i miei genitori lo capivano, così come capivano che era stato il gesto disperato di un disperato e che quello che successe se lo era cercato lui: una condanna a cinque anni di reclusione. Nonostante ciò non riuscirono a liberarsi del loro senso di colpa e ho sempre sentito parlare dell'«uomo che andò in carcere» e non del «truffatore», del «ladro», del «malfattore» o dell'«imbroglione».

Mio padre non avrebbe mai dovuto parlare con lui e così avrebbe evitato che un uomo disperato, che lui non era in grado di aiutare senza disperarsi a sua volta, cadesse in ginocchio ai suoi piedi. E mia madre non avrebbe mai dovuto provare pena per la sua famiglia.

Non trovò altro modo di aiutarli economicamente se non diventando cliente della parrucchiera. Il suo salone era piuttosto distante da casa nostra, ma lei tornava contenta perché aveva attraversato due volte la città per «aiutare come poteva quella famiglia».

Il salone, che immaginavo piccolo e pieno di phon, la parrucchiera, che immaginavo rossa di capelli, e i figli della parrucchiera, che adesso erano anche figli di un detenuto, si trovavano nello stesso territorio della memoria in cui erano la Turca, il socio e gli affari di Albert. Non li avevo mai visti. Non sarebbero mai invecchiati né avrebbero cambiato aspetto. E, senza volerlo, in quella zona della memoria è passata la parrucchiera, con i capelli rossi, con i tacchi consumati, che batteva con forza a terra mentre andava verso mia madre, che aveva attraversato la città per «aiutare quella famiglia». Sempre ugualmente giovane e spietata disse a mia madre: «Non capisco perché lei venga da così lontano, né perché si prenda il disturbo di arrivare fin qui. Non capisco perché mi costringa ad avere a che fare con lei».

Mia madre lo raccontò a mio padre, che la ascoltava steso a letto con un pigiama di stoffa a strisce appiccicato alle cosce.

Quel giorno la parrucchiera si era decisa a dirgliene quattro e aveva continuato: «Non solo hanno messo in carcere mio marito, non solo sono stata sul punto di perdere il mio salone e non solo devo mantenere i miei figli, ma devo anche sopportare lei».

La parrucchiera aveva pensato attentamente a cosa avrebbe detto alla moglie dell'ispettore quando fosse comparsa sulla soglia del suo salone, perché era stanca e sola e aveva bisogno di sfogarsi con qualcuno e mia madre sarebbe stata l'unica persona al mondo che le avrebbe permesso di farlo.

Alla parrucchiera venne la faccia rossa come i capelli e le mostrò le mani: «Guardi!» gridò.

Mia madre guardò e vide delle unghie nere. Ci mise qualche secondo a riprendersi e a capire che erano mezze bruciate dalle tinture. Poi la parrucchiera alzò una mano e indicò la porta davanti alla quale mia madre era pietrificata: «Nessuno entra da quella porta a regalarmi niente, lo sa? Mi alzo alle sei di mattina e vado a dormire all'una di notte e sa cosa faccio per tutto questo tempo? Lo sa? Provvedo al sostentamento della mia famiglia».

Dopo quello sgradevole episodio, cercammo di dimenticare «l'uomo che andò in carcere» e praticamente lo dimenticammo. Smettemmo di parlare di lui. Perse importanza. Ormai era fuori dalla nostra casa, dalla nostra strada e dai nostri problemi. Ma era passato di lì con la parrucchiera dai capelli rossi e la parrucchiera aveva lasciato cadere la parola «sostentamento».

Qual era la cosa più importante della vita? Tra molte cose importanti si poteva scegliere la più importante, mentre quella necessaria era solo una: il sostentamento. La parrucchiera, madre di tre o quattro figli e moglie di un detenuto, lavorava una quindicina di ore al giorno, non per qualcosa di importante, ma per qualcosa di necessario, e quando ci pensava le veniva voglia di attaccare una persona come mia madre. In quel momento la gente come mia madre doveva farla impazzire.

Lei viveva per il «sostentamento», lo stesso che suo marito si era giocato allegramente quando era passato da essere un irresponsabile a essere un disperato. In un certo senso anche Albert aveva giocato con il sostentamento. Mi sembrava incredibile che al mondo ci fosse gente temeraria come Albert e «l'uomo che andò in carcere». Poi c'era mio padre, che aveva anteposto il necessario a tutto il resto, e questo stanca. Se avesse avuto un colpo di fortuna, su cui scaricare il peso del necessario, avrebbe potuto dedicare più tempo a stare con noi e avrebbe smesso di essere lo Sconosciuto.

D'un tratto è passato tanto tempo, e questo fa paura. D'un tratto non sono più una bambina che vede avanzare suo padre lungo una strada interminabile. D'un tratto mi rendo conto che sono stata giovane e che mi sto chiedendo dov'è tutto quello che è passato. Poco tempo fa pensavo che non avrei resistito allo sforzo di arrivare fin qui, e adesso ci sono e sto ricordando quel momento. Quando mia madre era come sono io adesso era solita dire: «Se potessi tornare indietro».

Sento di aver sprecato il tempo e lo rimpiango. E poi mi dico che il tempo lo si spreca sempre, in un modo o nell'altro. E che bisogna stare attenti con i rimpianti perché sono il vero inferno dei ricordi. Anche se la nostalgia è ancora peggio. Mi dico sinceramente che non bisogna voltarsi indietro. Eppure ho impressa nella memoria la mano di mia figlia, che stringe qualcosa di legno. Le chiedo cosa sta facendo e lei mi risponde: «Faccio che questo è il mare e che io sono su questa barca». La guardo più e più volte. Voglio strapparla al tempo. La guardo così tanto che mi fa male.

Una mano mi tocca la spalla e una voce mi sussurra: «Forza, bisogna alzarsi». Poi la voce se la portano via dei passi e io mi riaddormento. Solo per qualche secondo, perché i passi ritornano insieme alla voce, che mi dice: «Vestiti, dobbiamo andare». I miei fratelli piagnucolano. Mio padre e mia madre vanno da una parte all'altra raccogliendo cose. È una situazione anormale. Ne avverto l'anormalità come se mi strappassero un braccio. Quando finalmente apro gli occhi, mi guardo intorno e non ci sono più mobili. Restano soltanto il lampadario e i letti. Mio padre dice agitato che stanno aspettando per portare via i letti. Mia madre si lancia sulle mie lenzuola e il mio materasso. Mi chiede di vestirmi con un tono amabile. Si capisce che vuole mantenere la calma. Io probabilmente mi vesto ed entrano due uomini che staccano le testiere, le reti e le basi dei letti e li appoggiano al muro.

Quando usciamo, il lampadario con il paralume coperto di fiori arancioni del soffitto della mia stanza resta lì, a oscillare. Lo hanno dimenticato. Non torneremo mai più in questa casa.

La strada è nera e fredda. Ci sono solo varie luci rosse e noi. Mio padre cerca un taxi. L'espressione di mia madre è addolorata, rassegnata o stanca. Finalmente scendiamo da un treno. È giorno, praticamente ora di pranzo. C'è il sole e fa freddo. Restiamo un bel po' sulla banchina e poi nel bar della stazione. Il bar è il posto più di passaggio che io abbia mai visto. Porto un cappotto di lana grigia. Aspettiamo qualcosa. Finché mio padre non dice che si occuperà da solo dei mobili: «Vado al molo. Voi andate».

Adesso siamo in un appartamento vuoto, che è stato abitato da altre persone. I rubinetti della vasca da bagno sembrano di bronzo e sono enormi. Penso che mi serviranno due mani per aprirli.

L'ora di pranzo è passata da tempo e noi non abbiamo mangiato. Mia madre si aggira desolata tra le stanze, senza sapere cosa fare. Io non ho fame, ma le grido: «Ho fame!». E poi di nuovo: «Ho fame!». I miei fratelli piagnucolano. Mia madre esce di casa e torna con dei panini. Li mangiamo sopra la carta in cui sono avvolti. Le piastrelle del pavimento disegnano una greca tutto intorno al muro. Nella stanza dove stiamo mangiando i panini c'è un balcone e sul balcone alcuni vasi con dei gerani secchi. La casa è circondata da un piccolo giardino. Nel pomeriggio inoltrato io, i miei fratelli e mia madre facciamo un giro nei dintorni della casa. Non mi piace niente. Scende subito la sera, una sera strana in un posto strano. Le luci della strada, dei negozi e delle finestre sono misteriose. Ciò che nascondono mi è sconosciuto. So che finirò per abituarmi al portone, alle scale e ai nuovi odori, ma non è ancora così. Dopo due ore arriva mio padre con il camion dei mobili. Li portano su dal balcone e dalle scale. Una corrente di aria gelida passa sugli imballaggi. Mio padre chiede agli addetti della ditta di traslochi di montare i letti prima di andarsene. Mia madre prende una decisione rapida e indica una stanza per ciascuno di essi. In quella destinata a essere la mia è appeso al soffitto un lampadario con un paralume di vetro verde e penso: «Se lo sono dimenticato». Tutto il resto rimane meravigliosamente ammucchiato. Con un tono allegro mio padre dice di aver visto due bambine della mia età sulle scale.

In questa città c'è il mare e di domenica pomeriggio andiamo al porto a vedere le barche. Mio padre osserva con l'aria assente un transatlantico con la bandiera americana e io sento qualcosa di freddo e insipido in ciò che vedo, mi stanco di stare lì. Sto vedendo le grandi navi e il cielo azzurro sopra di esse; tra le navi e il cielo i gabbiani planano e piluccano l'acqua sporca. Nell'acqua sporca si formano isolotti di schiuma. Non fa caldo. È inverno. Attraversiamo il molo schivando cime arrotolate più grandi del braccio di mio padre. Non c'è quasi nessuno. Non ci sono rumori. Mi sembra di non essere lì. Sopporto il fatto di essere costretta a guardare, il poco caldo e l'interesse simulato di mio padre nel mostrarci il mondo, il gran mondo, forse.

Con l'arrivo dell'estate prendevamo il tram per andare al mare. Dentro il tram l'aria era appiccicosa. In generale in quella città le estati erano lunghe e appiccicose, ma valeva la pena sudare per lasciarsi accecare dalla striscia di acqua metallica e dal sole cocente fusi davanti al tram, che avanzava su binari neri.

Una volta arrivati in spiaggia, i miei fratelli giocavano con un secchiello, prendendo acqua in continuazione. Io preferivo scavare buche molto profonde sul cui fondo, con un po' di fortuna, si riusciva a trovare una conchiglia piena di sabbia. La lavavo a riva, me la portavo all'orecchio e rimanevo un po' in piedi guardando verso il mare profondo, di cui sentivo misteriosamente il rumore attraverso quella conchiglia.

Albert è morto. Lo ha trovato il portiere sotto la doccia.

Un vicino lo aveva avvisato che in quell'appartamento, l'appartamento di Albert, succedeva qualcosa di strano. Lui abitava lì accanto e gli sembrava che non fosse logico che per cinque ore di seguito si continuasse a sentire il rumore dell'acqua della doccia. Olga telefonò e disse, dopo un istante di silenzio che annunciava il peggio: «Albert è morto».

Quando morì il Console, si disse «È mancato» e «È spirato». Ma Albert era «morto». Una mattina, a quarantacinque anni, finì tutto. Vale a dire che era nudo sotto l'acqua e a un tratto smise di sentirla. Eppure l'acqua continuò a scorrere e il vicino dell'appartamento attiguo continuò a sentirla scorrere.

«È morto solo», commentò mia madre guardando il piatto.

Si fecero molte illazioni su quella situazione: la colazione preparata per una sola persona sul tavolo della cucina, il letto disfatto, l'abito, la camicia e la cravatta appoggiati sul letto disfatto, la cartella portadocumenti aperta per darci un'ultima occhiata. Nel frigorifero c'era da mangiare per vari giorni. Di fronte a quell'assoluta apertura alla vita c'erano, in fondo al corridoio, la vasca da bagno, gli occhi adombrati di Albert e l'acqua della doccia che continuava a bagnarli. Quella situazione si prolungò identica fino all'ora di pranzo, quando il suo vicino, che viveva da solo a sua volta, arrivò in vestaglia e pantofole davanti alla guardiola del portiere e gli comunicò quello che gli sembrava stesse succedendo. Salirono insieme e suonarono il campanello per un bel po' di tempo. Siccome non ci fu risposta, il portiere tirò fuori le chiavi dalla tasca. Aveva qualche remora perché i portieri hanno le chiavi dei condomini per i casi di vera emergenza e non per intrufolarsi negli appartamenti non appena i proprietari escono di casa. Lui era il portiere, era lui ad avere le chiavi ed era lui a dover decidere. Il vicino gli assicurò che condivideva la sua responsabilità, anzi, che se la assumeva per intero perché era certo che ciò che stava succedendo non era logico. «Non sente l'acqua scorrere?» chiese al portiere.

Il portiere avvicinò l'orecchio alla porta. Non sapeva se la sentiva, c'erano tanti piccoli rumori nell'appartamento. Aveva le chiavi in mano e l'orecchio attaccato alla porta. Dentro succedeva qualcosa o non succedeva niente. Ciò che turbava il portiere era quel grande silenzio pieno di piccoli rumori ingannevoli.

«Apra!» ordinò il vicino al portiere. «Apra punto e basta, accidenti!»

Il vicino non poteva più tornare a casa sua come se niente fosse. Non poteva continuare a vivere senza essere entrato nell'appartamento accanto.

«Lui è dentro, sta facendo qualcosa e non vuole aprire, perché in effetti si sente qualcosa», disse il portiere.

Il vicino gli strappò di mano le chiavi e aprì. Era tutto tranquillo e in penombra. Un mazzo di chiavi attaccate a un portachiavi di cuoio era appoggiato sulla consolle all'ingresso. Il portiere e il vicino lo guardarono e si guardarono tra di loro. Il portiere gridò: «Signor Albert!» mentre continuavano ad avanzare lungo il corridoio. Entrarono in camera e videro i vestiti stesi sul letto. Si precipitarono correndo verso il rumore dell'acqua e prima di entrare in bagno si fermarono un istante. Sapevano che ciò che avrebbero visto non sarebbe stato piacevole.

Lo videro e chiusero i rubinetti.

Poi fecero una telefonata. Subito dopo l'appartamento si riempì di gente. Qualcuno chiamò Olga. Olga volle sapere tutto e il portiere e il vicino glielo raccontarono mentre erano in casa di quest'ultimo, che era identica a quella di Albert, ma con un arredamento assurdo. Il vicino ripeté varie volte: «Non è logico morire così», e Olga non vedeva l'ora di toglierselo dai piedi.

Mia madre, addolorata, ripeté anche più di una volta: «È morto solo».

E quel momento di solitudine di Albert, quella morte improvvisa, netta, che semplicemente non era niente di più di ciò che sembrava, è una pietra perfetta nel mio pensiero, come se la verità fosse di pietra.

Qual era stato il suo ultimo pensiero? Olga, il suo socio, Carlitos, la camicia stesa sul letto? Aveva pensato che la colazione si stava raffreddando o ripassava ciò che avrebbe detto a chiunque dovesse incontrare? Si era portato nell'aldilà un'ultima immagine, un'ultima sensazione. Un'altra persona probabilmente avrebbe pensato: "Provo dolore, oddio, cosa mi sta succedendo? Non posso morire così". Ma Albert era un sognatore e non pensava mai a quello che stava realmente accadendo.

Nell'appartamento, in mezzo a tutta quella confusione, c'era un uomo che indossava un completo marrone, che andò direttamente verso la cartella portadocumenti di Albert. A quel punto Olga gli impose di fermarsi. Lo guardò dritto negli occhi, dicendogli con quello sguardo, che non arretrava davanti a nessun altro sguardo, che era un disgraziato. Poi afferrò la cartella. Lui le disse: «Non sai niente. Non lo hai mai capito», e lanciò un'occhiata penetrante alla cartella che Olga teneva in mano. Ma il pugno di Olga la stringeva con tale forza che lui capì che era inutile insistere.

Era il socio di Albert, con la sua incrollabile parvenza di prosperità: pelle lucida, molti capelli, abbigliamento impeccabile. I vestiti gli stavano da favola. Sembrava sempre il padrone del luogo in cui si trovava. Dietro di lui guardava la cartella anche una ragazza che ricordava le bionde. Doveva essere la segretaria del socio o di Albert o forse di entrambi. Era vestita secondo il gusto di Albert e forse anche del socio, con collant neri, tacchi alti e molto trucco. Aveva gli occhi lucidi, eppure la compostezza del socio le fece venire il dubbio che non fosse opportuno piangere e così non pianse. Tutta la violenza trattenuta dentro la riversò su Olga con un'occhiata indecisa ma furiosa. Olga pensò che quella ragazza sarebbe stata capace di fare qualunque cosa le fosse suggerita da un Albert o da un socio di un Albert. E per un istante sostenne l'occhiata furiosa dell'altra cercando di comunicarle qualcosa, non sapeva bene cosa. Poi diede per concluso l'incontro. Si staccò da loro senza lasciare la cartella portadocumenti e loro si diressero verso la porta. La testa bionda di lei e la testa scura di lui passarono in fila davanti ai quadri del corridoio, si lasciarono alle spalle il mazzo di chiavi appoggiato sulla consolle e uscirono. Era l'inizio della primavera, quando ti svegliano gli uccelli e la gente passeggia per strada con gli abiti che fino a pochi giorni prima portava sotto il soprabito.

Ci sono pensieri che appartengono più alle cose che alla memoria. E la morte di Albert rimase fissata nel lampadario verdastro appeso al soffitto della mia stanza. Guardandolo vidi in continuazione, per varie settimane, la vestaglia del vicino che avanzava lungo un corridoio alla fine del quale c'erano un letto disfatto e rumore d'acqua. Vidi Albert che pescava sulla scogliera e poi morto, lo vidi prendere Olga in braccio e poi morto, lo sentii prorompere nella sua fantastica risata e poi mia madre che diceva: «È morto solo». Infine il mio ricordo a mano a mano si addolcì e ripensai solo ad Albert con il berretto bianco con la visiera, sotto il sole, l'acqua fino alla cintola, mentre immaginava affari favolosi.

Eppure, quando mi stendevo supina sul letto e fissavo lo sguardo sul vetro della lampada, il vetro mi restituiva la freddezza e la durezza di qualcosa che io avevo messo lì.

I miei genitori parteciparono al funerale di Albert e tornarono a casa con due completi nuovi che Olga aveva obbligato mio padre ad accettare: «Ti apprezzava molto. Ti voleva bene come a un vero fratello. Non puoi rifiutarli». A mio padre faceva orrore l'idea di indossarli: «Tra l'altro era più alto di me», si giustificava. Ma non voleva neanche buttarli, gli provocava una strana sensazione buttare l'unica cosa che avevamo di Albert. Mia madre li appese su due stampelle e li infilò in fondo all'armadio, insieme agli impermeabili color écru.

A partire da quel momento Carlitos fu orfano di padre e Olga vedova. Continuò a occuparsi di affari immobiliari, anche se pensando al sostentamento più che alla grandezza. Con modestia. «La mia vita è modesta», le piaceva dire, scompigliandosi i capelli scuri e misteriosi con la mano. Continuava a fumare sigarette bionde, a bere cognac di pomeriggio e a passarsi lo smalto rosa pallido sulle unghie, e continuava a non trovarsi nessuna traccia di modestia nella sua persona. Non si venne a sapere che si fosse innamorata di nuovo e decise di dedicarsi con tutta sé stessa a Carlos, di evitargli qualunque difficoltà e sofferenza. Perché Carlos non aveva un padre, come l'avevo io e l'aveva la maggioranza delle persone. «Carlos ha soltanto me, capisci?» mi diceva. E a quel punto io volevo essere in grado di capire e di sentirmi Carlitos in un universo senza padre. E anche se non riuscivo a immaginare me stessa senza mio padre, per quanto mi sforzassi di farlo, riuscivo a immaginare invece di essere Carlitos senza il suo. In quel momento, senza suo padre Albert e con sua madre Olga, la serenità di Carlos, la tempra che lo ha sempre caratterizzato, mi erano incomprensibili.

Con il passare del tempo si andò rinchiudendo sempre di più in quella serenità e ultimamente mi è sembrato un dio, forse quello che io ho perso durante la mia infanzia, che dall'ufficio di casa sua contempla il mondo, e che in quella stessa contemplazione impone un ordine al luogo in cui mi trovo io. Dove si trovano anche sua moglie e i suoi figli, che gli lasciano contemplare ciò che loro mettono in disordine. Perché un giorno strinsi la mano di uno dei suoi figli ed era una mano calda, un po' sudata, una mano con più sangue di qualunque altra, e che mi fece pensare: «Questo ragazzo è pronto a tutto. A questo ragazzo tutto quello che trova dalla mattina alla sera sembra poco».

La bambina era la copia perfetta di Olga, con occhi di terra. D'oro, se il sole ci batteva direttamente sopra.

A Olga dispiaceva vedere il figlio chiuso in ufficio tutto il giorno, rassegnato, abbandonato da tutti, cioè da sua moglie e dai suoi figli, che lei definiva: «Banda di avvoltoi», e a cui non perdonava che non amassero suo figlio tanto quanto lei. Suo figlio – che non sarebbe più tornato a essere il bambino che dipendeva da sua madre, che proteggeva sua madre e che non era come i miei fratelli né come me, perché capiva tutto – viveva seduto nel suo confortevole ufficio dai mobili bianchi, nell'ala più silenziosa della casa. Non era ancora arrivato all'età di suo padre quando suo padre aveva sposato Olga e c'era già una grande somiglianza fisica e allo stesso tempo una grande differenza tra di loro: Albert aveva posseduto il dono di entrare in un'altra vita e rimanerci, com'era rimasto nella mia.

La mia conoscenza di Carlos è fatta di salti e vuoti. Fu bambino e, improvvisamente, fu uomo. Non ebbe mai quindici anni. Non stette mai insieme agli amici. E non giocò per strada. Una volta lo vidi vestito da soldato e la volta dopo era sposato e aveva dei figli. Due, un bambino e una bambina, a detta di tutti identici ai miei zii Albert e Olga.

Olga invecchia, anche se senza grandi cambiamenti fisici. Per fortuna non è una di quelle persone che «con l'età si trasformano così tanto che dovrebbero cambiare nome», come disse una volta la stessa Olga quando ancora non le passava per la mente che potesse arrivare a essere com'è ora. La sua attuale immagine solitaria sullo sfondo cangiante della giovinezza e della novità mi serve da avvertimento, mi consiglia a ogni passo che faccio: «Pensaci bene». Eppure la invidio, perché quando lei è stata giovane, lo è stata eternamente.

Quell'estate in Costa Brava non esiste come non esisto io a dieci anni, anche se posso rivedermi nel filmino di Albert. Lo guardo e mi meraviglio, perché niente è come credevo. Le costruzioni che costeggiano la spiaggia non sono casette assiepate né le rocce della scogliera sono grandi e squadrate. Non vale la pena cercare la fedeltà nel passato, uno può ritrovarsi a non aver visto ciò che c'era bensì ciò che pensa ora, e ciò che pensa non sono brutti condomini sparpagliati lungo la costa, ma casette imperfette come il terreno, ridipinte varie volte per combattere l'umidità e l'aria salmastra.

Nel filmino mi muovo con affettazione davanti alla fila di palazzi disposti senza ordine né armonia. Non sono spontanea né naturale e non ho grazia. Solo io so, perché non mi sono mai mostrata apertamente, che ero una creatura difficile. Anche Albert dovette comprendere che la maggiore dei suoi nipoti cresceva in modo doloroso.

Quell'estate piovve molto per vari giorni di seguito. Per strada si formavano grandi pozzanghere e alcuni decidevano di camminare scalzi, soprattutto gli stranieri, che erano persone più decise e disinvolte. La più simile a loro era senza dubbio Olga.

Quasi non riuscivamo ad andare in spiaggia. Solo quando smetteva di piovere uscivamo a fare un giro in paese, ritrovandoci davanti enormi pozzanghere e cartolerie con riviste e giornali stranieri di tutti i tipi. L'odore era magnifico. Fino a poco tempo fa ho conservato un foulard di seta rosso che su uno degli angoli recava la scritta «Love» in caratteri bianchi. Scivolò giù dalla chioma di una di quelle ragazze che mio padre e Albert chiamavano «le bionde» e io lo raccolsi e me lo infilai tra l'elastico dei pantaloni di felpa e la pelle. La ragazza mi chiese se avessi visto a terra un foulard rosso. Le risposi seccamente di no, mentre sentivo in vita il contatto rosso e umido con la stoffa, come una ferita che non solo non fa male, ma che anzi ti accarezza. Mi furono indifferenti il dispiacere della ragazza e l'occhiata severa che mi lanciò Olga, persino la certezza che molti dei presenti mi avevano visto strappare dal fondo grigio del pantano qualcosa di rosso. Mi sentivo soddisfatta, come se finalmente avessi ciò che avevo sempre desiderato possedere. Quando arrivai a casa, mi sollevai la maglietta ed estrassi il foulard dalla cintura dei pantaloni con la sensazione che mi uscisse dall'interno della carne.

Non era una cosa comprata né una cosa regalata. Era una cosa caduta nel mio mondo da un altro, dov'era molto amata. Era una cosa misteriosa, bella, e adesso era mia.

«E quel foulard?» chiese mia madre piuttosto incuriosita.

«L'ho trovato», risposi lanciando un'occhiata di traverso a Olga.

Olga si voltò dall'altra parte. A volte, ne sono sicura, non sapeva che cosa pensare di me.

Quella sera Olga uscì come tutte le sere. Prima però si avvicinava tutta allegra a noi, a noi che restavamo, e ci dava un bacio. Con il bacio ci lasciava un'impronta di profumo e di vita che stava per essere vissuta intensamente.

Prima la sentivo inclinata su di me, appena uscita dal bagno, poi la sentivo allontanarsi lungo la strada e alla fine la immaginavo cadere nella vita di qualcuno come il foulard rosso era caduto nella mia.

Era naturale che Olga uscisse e che non si limitasse a cenare, vedere la televisione e poi andare a letto. Non era naturale che lo facesse mia madre. Io preferivo mia madre. Anche se ogni tanto avrei voluto che fosse come Olga affinché non si torturasse pensando a mio padre; in fondo mi tranquillizzava vederla concentrata su di noi, preoccupata di farci mangiare quando era ora e di sciacquare i costumi. La sua dedizione mi dava forza e la forza mi dava egoismo e così, sentendomi enormemente egoista, in alcuni momenti fui felice.

Mentre prendevamo il sole e mangiavamo al chiosco della spiaggia, Olga raccontava e mia madre ascoltava e a volte interveniva. Una vita sola era poco per Olga, gliene servivano almeno due e, di fronte all'impossibilità di viverne una dopo l'altra, aveva deciso di viverle contemporaneamente. Mia madre aveva sempre assistito da lontano all'altra vita di Olga, quella che adesso si svolgeva sotto la luce artificiale della notte o quella che anni prima si era svolta a Parigi o quella che si era svolta in relazione alla Turca sempre distesa su un divano e circondata da una tribù di familiari.

Una notte sentii risate maschili e femminili sotto la mia finestra e mi svegliai. Una era quella di Olga. Le risate entrarono in casa sommate alla voce di mia madre che chiedeva cosa volessero bere. Parlavano ininterrottamente. E mentre parlavano, mi addormentai. Sognai le loro risate, la più riconoscibile e potente: quella di mia madre. Quando non era la sua risata, era la sua voce, perfetta e moltiplicata come se si propagasse in una caverna. Il modo di ascoltare il sogno lo trasformò in incubo. Ed ebbi paura che di lì in avanti tutto quello che mia madre avrebbe fatto non lo avrebbe più fatto pensando soltanto a noi, i suoi figli.

Olga dedicava alcuni momenti a parlare male di Albert, che era l'altra sua vita distrutta, quella che la faceva soffrire fino a piangere un po'. E mia madre, dopo la morte di Albert, disse: «Non prendiamoci in giro. Albert non è stato di certo un santo. Per colpa sua Olga ha i nervi a pezzi». Avrebbe potuto essere così. Dopo averlo ripetuto due o tre volte, avrebbe potuto farmi dubitare della persona con cui avevo parlato di più della vita.

E lo ripeté, e io dubitai. In fin dei conti potevo solo intravedere vagamente la complessità morale di una persona che aveva vissuto tutti i miei anni circa quattro volte.

Mia madre diceva di Albert, tra le altre cose, che

era stato «così», e chiudeva il pugno della mano destra come se quel pugno contenesse tutti i beni della terra. Voleva dire che Olga non aveva avuto accesso al pugno di Albert. Era questo che le aveva distrutto i nervi?

«Era un sognatore», lo difese mio padre.

«Un sognatore? Mi fanno ridere i sognatori come lui», replicò adirata mia madre. «Un sognatore pensa a grandi cose e lui pensava solo a una cosa piccola: i soldi.»

Mio padre, che in quel momento era dalla parte di Albert e di tutti i sognatori, scosse tristemente la testa.

I soldi erano stati la passione di mia nonna Antonia, dell'«uomo che andò in carcere» e di Albert. Eppure quei tre erano molto diversi. Antonia era avida e Albert era «fantasioso» (come era solita definirlo Olga, oltre che idiota e irresponsabile). Antonia aveva solo intelligenza e Albert aveva solo cuore. Per quanto mia madre cercasse di sminuirlo, io non potevo smettere di volergli bene. In altre parole mi trovavo più vicino al cuore di Albert che all'intelligenza di Antonia.

Quanto all'«uomo che andò in carcere», fece ciò che fece sapendo che si sarebbe rovinato. Perché, a quanto trapelò tempo dopo, per la tranquillità di mia madre, quel tizio aveva il vizio del gioco. Giocava a poker per sei o sette ore di seguito. Sua moglie, la parrucchiera, pensava che avesse una tresca. A volte tornava a casa contentissimo e altre abbattuto, invecchiato. Lei lo sentiva dire che il lavoro lo preoccupava, e nel frattempo sospettava. Era sicura che lui la ingannasse, ma non trovava nessuna traccia femminile nella traccia maschile che lui lasciava quando usciva di casa la mattina per andare in ufficio. Pensò che sarebbe impazzita. Era sempre stata una donna risoluta, senza peli sulla lingua, con i piedi per terra, e adesso stava perdendo la testa. Era consumata dall'angoscia di non sapere. Dalla mattina alla sera non sapeva. La sua clientela poteva leggere in lei quel: «Non lo so». Abitavano sopra il salone. Le finestre della stanza da letto sormontavano le grandi vetrine del salone, da cui si potevano vedere le teste delle clienti sotto i caschi. Durante le quindici ore che passava lì dentro, molte volte la parrucchiera alzava lo sguardo al soffitto, che era il pavimento della stanza da letto, e meditava su quanto avrebbero potuto essere felici senza quell'ombra di dubbio. A quel punto pensava che, se fosse salita e avesse setacciato la stanza, avrebbe trovato qualcosa che avrebbe fugato ogni dubbio e l'avrebbe tranquillizzata per sempre. Lasciava il lavoro nelle mani dei suoi tre collaboratori e saliva di corsa le scale. Entrava in camera da letto. La trovava in ordine: la trapunta perfettamente distesa sul letto, le tende tirate, i comodini e il comò splendenti, un paio di pantaloni su una stampella. Frugava nelle tasche. A volte trovava qualcosa, come un numero di telefono senza nome, altre nulla. Apriva l'armadio e continuava a frugare nelle tasche di altri pantaloni e giacche. Dal salone si sentivano i suoi passi che si muovevano per tutta la lunghezza dell'armadio, che andavano verso i comodini e il comò, che si dirigevano in salotto. In salotto passi brevi intorno a un tavolo. Frugava nei cassetti e tra i fogli della scrivania di suo marito. Si stancava, si sedeva per un attimo su una sedia e abbassava lo sguardo verso il pavimento, che era il soffitto del salone, pensando a quello che stava facendo: si dimenticava del lavoro, perdeva tempo, non prestava attenzione alle conversazioni.

Scendeva di nuovo, preoccupata, molto preoccupata per quello che succedeva. Quello che succedeva non era bello. Spesso si sentiva male, così male che aveva bisogno di distendersi come se fosse malata. Inventava malanni per giustificarsi. Diceva a sé stessa che la tenevano in piedi il lavoro e i figli. Non doveva perdere la testa, lo doveva ai bambini. Che lui facesse quello che voleva.

Non le importava più. Suo marito era fuori dalla sua vita e dalle sue preoccupazioni. D'un tratto aveva recuperato il senno. D'un tratto apprezzava il lavoro, le chiacchiere, la mattinata soleggiata dietro le vetrine. Era un respiro. Poi lui arrivava tardi, con le mani leggermente tremanti, e il respiro finiva. Qualunque cosa facesse e dicesse era sospetto. Tutto poteva essere verità e tutto poteva essere menzogna. Era un inferno.

E un giorno, mentre controllava la contabilità di uno dei dipartimenti dell'azienda, mio padre notò «qualcosa» e si disse: «Qui c'è qualcosa», e non si fermò finché non scoprì di cosa si trattava. Poi lo comunicò al responsabile, che non era altri che il marito della parrucchiera. Lo raccontò a mia madre. Informò il consiglio di amministrazione dell'azienda.

La parrucchiera fu messa al corrente da suo marito del pasticcio in cui si era cacciato. Un errore nei libri contabili. Un errore nei calcoli. La parrucchiera, che era passata dall'essere una donna sicura al sobbalzare per qualunque cosa, raggelò. Più avanti scoprì che non si trattava di un «errore» ma di un «furto», che per poter restituire la cifra sottratta non sarebbe bastato vendere la casa, il salone e i mobili. Scoprì che suo marito «giocava», preferibilmente a poker, anche se non disdegnava i cavalli. E respirò definitivamente. Non era più spaventata, né ossessionata, né la vita era un inferno. Non sentiva il bisogno di essere malata né di salire in tutta fretta in camera da letto. Non tornò a frugare in una sola tasca di un solo paio di pantaloni né di una sola giacca. Aveva di nuovo i piedi per terra.

Alla fine dell'estate mia madre fumava e beveva alcolici, non solo vino ai pasti, ma anche whisky e gin tonic. Mio padre non si accorse del cambiamento. Il clima era più fresco e di pomeriggio la spiaggia era deserta. A quell'ora si sentivano i garriti dei gabbiani, come se avessero un coltello conficcato nel petto. C'era un momento in cui i gabbiani planavano tra gli spruzzi di schiuma sulle onde, e il cielo sopra i gabbiani e le onde, e nessuno lo vedeva.

I villeggianti erano praticamente scomparsi e la pittura del «palazzo arenato» si scrostava lasciando frammenti azzurri sulla sabbia. Approfittando della malinconia del tramonto, a Olga piaceva esclamare: «Che posto, resterei qui per sempre!». A volte, per esprimere ciò che provava, Olga diceva il contrario. La realtà era che noi eravamo stati dimenticati in quel paese come gli arnesi che perde per strada una truppa in fuga. Olga non usciva più di sera, non si divertiva e non aveva niente da raccontare. Parlava solo di Albert e delle notizie del giornale. Non vedeva l'ora di andarsene.

E un fine settimana levammo le tende. Le cose che avevamo portato all'inizio dell'estate erano raddoppiate e dovevamo raccoglierle tutte, infilarle nelle valigie e caricarcele. Mia madre ripeteva in continuazione: «Di sicuro ci dimentichiamo qualcosa». Di solito questa considerazione cominciava a essere espressa nella casa in affitto che lasciavamo e non finiva finché non arrivavamo nella nostra vera casa, per cui dovevamo prendere un taxi che ci portasse fino alla fermata del paese e un treno a breve percorrenza fino a Barcellona. A Barcellona avremmo dovuto aspettare un paio di ore fino a prendere un treno a lunga percorrenza per Valencia e alla fine, alla stazione di arrivo, un taxi fino al nostro domicilio. I miei genitori dovevano affrontare questo lungo viaggio carichi di pacchi e di bambini. Il loro unico aiuto ero io. Mia madre si guardava costantemente alle spalle angosciata, con la sensazione di aver perso qualcosa.

In quell'occasione fu diverso. Albert e mio padre comparvero il venerdì a bordo di una fiammante Mercedes decappottabile, dalle fiancate lucidissime. Suonarono il clacson davanti alla porta e noi che eravamo dentro ci precipitammo fuori. Vedemmo Albert tutto impettito al posto del conducente, con le mani sul volante. Si voltò verso di noi sorridendo e si tolse gli occhiali da sole. Il suo sorriso arrivò fino agli occhi e alla fronte. La capote era abbassata e lui saltò giù dalla macchina senza aprire lo sportello. Prese suo figlio tra le braccia, le allungò sopra la testa e lo sollevò tantissimo, contro il cielo. I ricci di Carlitos, intorno a uno sguardo senza tempo, pendevano verso il basso. Molti anni dopo quel cielo sarebbe stato un ufficio bianco e i ricci non sarebbero più esistiti, ma il suo modo di guardarci sarebbe stato lo stesso.

Mio padre scese nel modo classico. Si fermò ad ascoltare lo scatto dello sportello che si chiudeva e passò la mano sulla carrozzeria lucida. Gli piacque farlo. Venne verso di noi. Olga non sapeva se rallegrarsi o arrabbiarsi. Si rivolse a mio padre invece che ad Albert: «Vuoi dirmi che cosa significa tutto questo?». Indicava con gli occhi neri la macchina rossa. Albert depositò Carlitos a terra e andò in aiuto di mio padre. Prese Olga per le spalle e la baciò sulla bocca.

«Ti piace?»

«Troppo vistosa», rispose lei.

Lui la strinse ancora un altro po' a sé. Gli fece piacere che la macchina le sembrasse vistosa.

«È stato un affarone.»

Tra le sue braccia Olga fece una faccia che capimmo tutti. Non potevano permettersi quell'affarone. Eppure le Mercedes color ciliegia dalla tappezzeria neutra erano destinate a lei e ad Albert. Adesso che ce l'ho, mi piacerebbe trattenere quel momento, sedermi al posto del conducente e appoggiare le dita sulle fenditure del volante, mentre alzo lo sguardo verso un cielo azzurro, piano e infinito.

«Vuoi fare una passeggiata?» mi chiede Albert e il resto dei bambini si precipita verso la macchina. Albert li blocca. «Alt, signori! Prima la maggiore. Ci vorranno cinque minuti e poi verrò a prendervi.»

Mi sedetti accanto a lui, sul sedile destinato a Olga. Ogni tanto Albert piegava la testa verso di me e sorrideva. Io gli dissi che mi stavo divertendo come mai prima di allora e che avrei voluto essere grande e guidare una Mercedes tutta mia. Ma non era vero, quello che mi faceva piacere in realtà era vedere Albert così contento. Non sono mai riuscita a provare interesse per le macchine.

Il giorno dopo potemmo osservare una Mercedes carica di valigie che si allontanava lungo la strada costiera. Si era deciso che Olga e Albert trasportassero i bagagli in macchina, mentre noi saremmo andati in treno a Barcellona. Fu una passeggiata. Raggiungemmo la stazione a piedi, salimmo in treno con tutta comodità e prendemmo posto. Quando ci sedemmo mia madre emise un sospiro soddisfatto. Sapevamo di essere liberi perché gli altri anni eravamo stati schiavi delle carabattole che ci portavamo dietro. Questo non potevano capirlo i nostri compagni di viaggio, che guardarono mia madre, quando sospirò, pensando che fosse una donna felice. Uno straniero robusto, rubizzo e senza ciglia, più vecchio di mio padre, sorrise a mia madre, a mio padre e a noi quattro bambini, uno dei quali era mio cugino Carlitos. Ci fece piacere. Voleva fare amicizia con noi e chiese a mia madre se noi quattro bambini fossimo figli suoi.

Quasi non usò parole, si spiegò a gesti. Mia madre si affrettò a cercare di chiarire che Carlitos non era suo figlio. Questo era tipico di lei, perché le bugie la facevano inorridire ed era capace di dire la verità a chiunque, anche se alla persona in questione non interessava affatto. Mio padre la frenò prendendola per mano e annuì al turista: «Sì, sono figli nostri».

Lo straniero guardò le loro due mani unite. Mi faceva piacere che tutti i particolari che trasmettevamo allo straniero fossero belli. Ci tenevo che si portasse un'impressione gradevole al suo paese. Un paese lontano come un pianeta lontano. Il suo paese era la Svezia. Infilò la mano nel portafogli e ci mostrò un paio di foto: in primo piano c'erano lui, la moglie e i figli con berretti e sciarpe di lana, dietro di loro una casa di legno con il comignolo e ancora più in fondo montagne coperte di neve luminosa. I bambini della foto adesso erano grandi, spiegò. Ognuno di loro viveva la sua vita. Poi indicò la donna. Erano divorziati. Dopo aver riposto di nuovo quelle perdite nel portafogli, non si mostrò né più triste né più allegro. Probabilmente sul pianeta innevato gli accadimenti della vita si prendevano con più naturalezza rispetto a quanto succedeva qui. Ci disse di chiamarsi Bjorn e scrisse il nome sul pacchetto di sigarette di mio padre. Anche noi gli dicemmo come ci chiamavamo. Il sole batteva con più forza sul vetro del finestrino e poi si posava sulla guancia di Bjorn mentre ripeteva i nostri nomi.

Quando scese dal treno nessuno disse più niente, nello scompartimento si fece silenzio e riuscimmo a sentire molto nitidamente il rumore delle ruote di ferro quando il treno ripartì. Bjorn ci salutò con la mano dalla banchina. Sulla sua guancia scintillava un reticolo di vene rosse.

«Quelli che vivono davvero sono questi furbacchioni», commentò amaramente un viaggiatore che non aveva aperto bocca quando Bjorn era a bordo. Si riferiva a Bjorn e io immaginai che fosse arrabbiato perché aveva la fronte aggrottata e non si rivolgeva solo ai miei genitori, ma a chiunque volesse ascoltarlo. Il suo sguardo vagava dappertutto ed era uno sguardo indefinibile, inespressivo.

«Altroché!» commentò mio padre.

L'uomo abbozzò un mezzo sorriso e continuò: «Noi andiamo nei loro paesi a farci sfruttare e quando sono loro a venire qui continuano a sfruttarci. E invece loro qui per pochi soldi mangiano, bevono e prendono tutto il sole che vogliono».

Pensai alla quantità di sole che Bjorn si era portato via sulla guancia.

«E non solo questo», rincarò la dose mio padre. «Si sono impossessati della costa.»

Aveva messo il dito nella piaga. L'uomo si passò l'indice sul colletto della camicia. Iniziava a sudare. Aveva la giacca piegata con cura sulle ginocchia e ci teneva sopra le mani incrociate. Lungo le maniche scendeva una piega perfettamente stirata. Accanto a sé aveva sistemato, uno sull'altro, il giornale, un libro e due pacchetti di sigarette. I suoi capelli neri sembravano ancora più scuri a causa della brillantina.

«Che caldo afoso!» si lamentò.

E mia madre, che era accanto al finestrino, lo abbassò ancora un po'.

«Stanno comprando tutta la costa.» Annuì muovendo i capelli neri e lucidi verso mio padre, che lo aveva detto per primo. «Adesso, senza neppure uscire di casa, diventiamo camerieri in ristoranti tedeschi e concierge in residence belgi.» Guardò l'orologio e iniziò a parlare più in fretta. «E li chiamano investimenti. Ci fanno un favore investendo, ci fanno sempre favori. E noi siamo così stupidi che fraternizziamo con loro e gli rallegriamo la vita.»

Ci fu un breve silenzio durante il quale il pacchetto di sigarette s'ingigantì sotto gli occhi di tutti come esempio di fraternizzazione con lo straniero. Mio padre era confuso e cercò di difendersi mettendo le cose al loro posto: «Bisogna riconoscere che sono più astuti. Sanno dove si fanno gli affari. Fino a qualche anno fa molti di quei terreni si vendevano per quattro soldi e nessuno li comprava. Allora nessuno immaginava che il turismo si sarebbe sviluppato in questo modo».

L'uomo con la giacca (doveva avere circa venticinque anni) non sopportava certe cose. Non sopportava quello che mio padre stava dicendo. Si passò le dita tra i capelli aprendo solchi che rimasero così, aperti, poi prese il libro e lo appoggiò sulla giacca.

«Vuole dire che li ammira? Che loro vengono qui, si prendono le nostre terre e il nostro lavoro e lei li applaude?»

Avrei voluto ammazzarlo. Annientare il tono della sua voce e l'espressione dei suoi occhi. Avrei voluto che la sua crudeltà fosse schiacciata dalla mia, mille volte superiore.

Mio padre insisteva: «Sa a quanto si poteva comprare al metro quadro fino a, diciamo, dieci anni fa? E mi riferisco a proprietà fronte mare».

L'altro scosse la testa e aprì il libro disprezzando le ultime parole di mio padre. E mio padre concluse con poca convinzione: «Per la metà della metà del prezzo attuale».

Arrivammo a mezzogiorno alla Gran Vía, all'appartamento di Olga. Le valigie erano ammucchiate all'ingresso. Mentre scartava dei polli arrosto, Olga disse: «Il lavoro è molto indietro. Non so cosa ha fatto Albert per tutto questo tempo». Poi tagliò i polli a pezzetti, preparò un'insalata e annunciò che sarebbe andata a incontrare dei clienti e che sarebbe tornata intorno alle cinque.

Siccome alle cinque non tornò, uscimmo a fare un giro. I miei genitori si fermavano ogni sette o otto passi davanti alle vetrine, il tempo in cui stavano fermi era più lungo di quello in cui camminavano. Mia madre esaminava gli oggetti collocati dietro il vetro e mio padre ci si appoggiava e controllava che mio fratello non attraversasse la strada. Parlavano di denaro, non del gran denaro che funziona soltanto nella testa e nelle banche, ma di un denaro che si poteva rovesciare sul tavolo, che si poteva contare e da cui si poteva sottrarre una somma per l'affitto di un appartamento, un'altra per le rette scolastiche, un'altra per il vitto e qualcosa per i vestiti e per uscire. Mio padre avrebbe dovuto viaggiare più spesso, perché le trasferte erano una fonte imprescindibile di guadagni per comprare una bella casa a Madrid. Quella sarebbe stata la sua destinazione definitiva. Quando ci fossimo trasferiti a Madrid, non ci saremmo più spostati. Pertanto fino a quel momento era tutto provvisorio: la scuola, gli amici, la lunga strada fiancheggiata da negozi, portoni e garage, i vicini. Soltanto i mobili erano sempre gli stessi, per cui mi ero abituata a dormire nello stesso letto in case diverse e a vedere strade diverse dalla stessa poltrona. Forse per questo motivo, per introdurre un punto di appoggio stabile nella nostra esistenza instabile, i miei genitori si erano messi in testa di comprare cose di buona qualità, durature, persistenti.

Siccome, a parte i mobili e noi stessi, prima o poi finivamo per abbandonare tutto il resto, io cercavo rifugio non nei posti, ma nelle atmosfere, perciò le sensazioni più familiari restavano legate alla nebbia, al sole, alla pioggia o ai cinema di quartiere. Avevo imparato a sentirmi a mio agio in una sensazione.

Stavamo guardando vetrine di abiti da uomo molto cari e le guardavamo con la luce naturale delle sei del pomeriggio, tra gente che andava avanti e indietro. Io mi annoiavo, ma non mi dispiaceva.

In un momento di distrazione di mio padre, mio fratello scappò. Scomparve. E a quel punto, improvvisamente, il mondo fu terribile e drammatico. Chiedevamo angosciati a quelli che andavano avanti e indietro se avevano visto un bambino di tre anni. Mio fratello era un bimbo bellissimo con gli occhi a mandorla, neri come due carboni bagnati, e probabilmente qualcuno, vendendolo solo, stava cercando di portarlo via, e così lui, spaventato, stava attraversando una strada e una macchina lo stava investendo. Mia madre ripeteva: «Dio mio, Dio mio!». Mia sorella e Carlitos si erano presi per mano e ci seguivano cercando di non perdersi. Mio padre e mia madre s'incamminarono ognuno da una parte della strada. Io dovevo rimanere con i bambini casomai mio fratello fosse tornato al punto dal quale si era allontanato. Aspettavamo sulla soglia di un negozio, dove c'era scritto: FONDATO NEL 1890. Era una targa in ottone, ostile, indifferente alla nostra preoccupazione, come i palazzi allineati di fronte a noi e la gente che entrava e usciva da quei palazzi. In mezzo c'eravamo noi con un nodo nel cuore.

Eravamo lì in piedi da mezz'ora e non ci azzardavamo a muoverci. Un commesso del negozio con la scritta d'ottone uscì e ci chiese cosa ci succedeva. Glielo dissi, sperando che improvvisamente lui potesse sapere dov'era mio fratello e che avrebbe risolto tutto. Il commesso era vestito meglio di mio padre quando si preparava per partecipare a una riunione molto importante dell'azienda. Di solito non mi piacevano le persone troppo eleganti, perché avevo la sensazione di dovermi rivolgere a loro in un altro modo, con frasi da giornale, senza confondermi, ovvero che fossero persone con cui dovevo parlare solo se avevo qualcosa di concreto da dire. Quella era la mia impressione, eppure gli indumenti del commesso non avevano niente a che vedere con il suo viso affabile e la sua voce abituata a rivolgersi ai bambini.

«Volete aspettare i vostri genitori dentro, seduti?»

Prima pensai che avremmo potuto sederci tutti e tre, poi che se i miei fossero tornati e non ci avessero visto non appena avessero lanciato un'occhiata all'ingresso del negozio, si sarebbero spaventati. I due piccoli avrebbero potuto aspettare dentro e io fuori, ma perché complicare ulteriormente le cose? Il posto in cui erano più sicuri era lì con me, in piedi e appoggiati al muro.

«Grazie, ma credo che torneranno subito», gli risposi.

E lui lo confermò: «Ma certo, ne sono sicuro».

Il commesso s'infilò nella profondità che seguiva il suono della campanella.

Prima comparve mio padre senza mio fratello, con il viso pallido e stravolto. E dopo un po' mia madre con mio fratello.

Mio fratello era di nuovo con noi. Un sentimento di vita dolce e meravigliosa annientava la sensazione di un mondo oscuro e crudele, come quest'ultima aveva interrotto, quello stesso pomeriggio, l'impressione di un'esistenza banale e priva d'interesse. I miei genitori erano passati per quel processo e adesso tornavano all'appartamento di Albert e Olga soddisfatti, perché almeno erano sfuggiti al mondo oscuro e crudele. E quella strana felicità di non essere infelici ci rese tutti e sei più leggeri, più spirituali, anime.

Era sera. Ci aprì Albert. «Siamo qui!» gridò Carlitos. E poi corse contento lungo il corridoio perché non si era perso. «Mi sono liberato!» disse entusiasta a suo padre. Albert lo sollevò all'altezza dei suoi occhi e lo fece oscillare in aria: «Forza, dimmi, da cosa ti sei liberato?». Dalla porta aperta della terrazza entrava, sospinta da una brezza umida e un po' fredda, una moltitudine di luci rosse, verdi e blu.

Gli raccontammo quello che era successo. Con grande energia, passo dopo passo ed esagerando. La risposta di Albert non fu allo stesso livello, aveva la testa da un'altra parte, per quanto le sue parole e la sua affabilità fossero con noi.

Si rivolse a mio fratello e prese in braccio anche lui: «Bene, per fortuna è tutto risolto! Festeggiamo». Lo depositò a terra e aprì il frigorifero. Tirò fuori con cautela un vassoio pieno di acqua e lo svuotò nel lavandino.

«Non abbiamo niente da bere», disse, «ma questa è una cosa che possiamo risolvere facilmente.»

Si mise il berretto bianco che usava in spiaggia e uscì di casa. Si sentì il rumore dell'ascensore e pensai a lui dentro l'ascensore con il berretto che gli nascondeva la fronte e gli metteva in ombra metà della faccia.

Tornò con varie bottiglie di vino mosso e Coca-Cola.

«Ceniamo», disse.

«E Olga?» intervenne mia madre. «Non l'aspettiamo?»

«Che Olga torni pure quando vuole», rispose Albert, allegro e allo stesso tempo con quell'aria un po' assente che faceva sempre pensare che era in due o tre posti contemporaneamente.

Il fatto di non aver perso mio fratello quel pomeriggio attutì nei miei genitori l'effetto della notizia della separazione di Albert e Olga. Albert ne parlò, aveva bisogno di sfogarsi. I miei genitori si mostrarono leggermente costernati, gli chiedevano se ci avessero pensato bene, insistevano perché ci riflettessero su. Per loro una separazione era come un viaggio nello spazio, qualcosa che non sarebbe mai entrata nei loro progetti, a prescindere da tutto.

Almeno in questo erano d'accordo, pensai mentre cercavo di addormentarmi e di dominare la sensazione di disordine che mi circondava.

La mattina dopo uscimmo molto presto. Con i primi passerotti e i primi clacson ci dirigemmo alla stazione a bordo della Mercedes di Albert. L'aria mi svegliava, mi sfiorava il viso e mi diceva qualcosa all'orecchio. Era come una persona. Salimmo in treno appena in tempo e riuscimmo a stento a vedere Albert che diventava sempre più piccolo sulla banchina.

In un attimo eravamo a Valencia, davanti alla porta del terzo piano di calle Uruguay, circondati da valigie e pacchi. Aprimmo e da dentro arrivarono l'odore di chiuso e l'odore di noi conservato nell'odore di chiuso. Vennero alzate le persiane e aperte le finestre e i rubinetti. Ogni cosa era al suo posto. Mi era tutto familiare senza che sapessi se mi piaceva.

Ci furono cinque minuti di incertezza, a cui seguirono altri cinque minuti di sconforto e a questi ultimi altri cinque di stanchezza. Il mondo era sempre in movimento, e a volte uno restava fermo e perdeva la propria posizione in questo mondo in movimento. Dopo quell'attimo di perplessità, cominciammo ad agire ciascuno secondo i propri interessi. Io andai a casa della vicina.

La struttura della casa della vicina era esattamente uguale alla nostra, ma l'arredamento le divideva di una cinquantina d'anni. Nell'appartamento della vicina tutti i mobili erano appoggiati a zampe simili ai tacchi delle scarpe alte. Erano armadi, tavoli e poltrone chiari e leggeri. Sembravano disegnati sul muro.

Tra quel mobilio si aggirava la vicina, d'inverno con un paio di pantofole di velluto ricamato che suo marito le aveva portato da Roma, e d'estate con un paio di pantofole di stoffa colorata legate alla caviglia con dei lacci che suo marito le aveva portato dal Perù. Mi piaceva che per entrare in quella casa, così diversa dalla mia, bisognasse solo varcare la porta accanto.

La vicina si chiamava Vicenta ed era più giovane di mia madre. Aveva gli occhi del verde di una foglia caduta e delle belle gambe, che stavano molto bene con le pantofole peruviane. Suo figlio aveva l'età di mia sorella e si chiamava Rafael, come suo padre, che era continuamente in viaggio, come il mio. Per questo, siccome lui era sempre fuori, Vicenta era sempre sola. Viveva in quella città e in quella strada da poco tempo. Non aveva quasi amici. La persona con cui aveva più rapporti ero io.

Mi raccontava molte cose, per esempio che nella sua vita era stato tutto bello: i genitori, le scuole, le case e i corteggiatori. Tra i corteggiatori aveva scelto il migliore: Rafael, dagli occhi azzurri, più alto di lei, economista. Quando parlava di lui, diceva sempre: «Rafael era», e mai: «Rafael è», forse perché il meglio di Rafael apparteneva al passato. Nei due anni in cui frequentai Vicenta lo vidi un paio di volte e in entrambi i casi mi sottrassi all'incontro con lui. Perché, stretto al braccio di Vicenta, la donna dagli occhi verdi e dalle belle gambe, o la donna dalle belle gambe e dalle pantofole strane, non vedevo soltanto suo marito, ma anche il suo abito di flanella grigia con il gilet e la sua serietà da dirigente di una grande banca.

Vicenta aveva sempre in bocca la parola «Banca». «La Banca ha mandato Rafael in Venezuela», «La Banca ci paga le vacanze in Italia», «I medici della Banca mi hanno diagnosticato un tumore». La Banca faceva tutto. E così, accanto alla famiglia protetta dalla Banca, c'era la mia senza organizzazione e senza dio. L'azienda di mio padre non aveva il carattere divino della Banca di Rafael. La mettevamo tutti in discussione. In realtà passavamo gran parte della vita a parlarne male. Per questo «l'uomo che andò in carcere» in fondo ci stava simpatico, perché non aveva dimostrato nessun rispetto per la Società e aveva cercato di «fregarla». «Voleva fregarci», disse tutto allegro un alto dirigente della Società quando condannarono a cinque anni «l'uomo che andò in carcere». E riferendosi a quella faccenda mio padre si doleva dicendo: «Ho le mani e i piedi legati». E ripeté la stessa cosa riferendosi al lavoro, ai soldi e alla vita in generale.

Da una finestra dell'appartamento di Vicenta si vedeva una stella lontana, intensa e solitaria. Certe sere entravo un attimo in casa sua per vederla. Dicevo a mia madre: «Faccio un salto nella casa di fronte». E mia madre mi rispondeva: «Tra mezz'ora qui». Di tanto in tanto il mio arrivo coincideva con una telefonata di suo marito da qualche posto all'estero. Vicenta parlava con lui seduta su un bracciolo della poltrona, facendo oscillare una pantofola peruviana. Dietro di lei c'era una finestra e, dietro la finestra, la stella brillava come un diamante appuntato su un vestito nero. Quando entravo nel salotto di Vicenta di sera, la prima cosa che vedevo era quel punto luminoso che ci sorvegliava. "Sono appoggiata alla cornice di legno di questa finestra e mi sto aggirando nell'universo nero", pensavo mentre Vicenta mi diceva: «I medici della Banca mi hanno diagnosticato un tumore». Io non ero abbastanza grande perché mi si facesse una confidenza del genere, lo disse mia madre indignata. Praticamente si arrabbiò con me per averla ascoltata.

«È un tumore maligno», aveva aggiunto Vicenta andando da una parte all'altra della stella lontana e solitaria. Non osai chiederle se sarebbe morta. Era così perfetta. Non che facesse niente di importante né che mi insegnasse qualcosa, ma quando bussavo alla «casa di fronte» lei apriva la porta e magicamente «la casa di fronte» era lontana dalla mia quanto la luce bianca della finestra. Non avrei mai voluto assomigliare a lei né vivere nella sua casa, eppure mi piaceva com'era. Così, con le sue belle gambe, i suoi begli occhi, i suoi capelli castani, che sciacquava con l'infuso di rosmarino, e il suo modo di parlarmi, come se lei avesse dieci anni di meno e io dieci anni di più.

Era passata la mezz'ora concessa da mia madre e io ero ancora lì, pensando che adesso un tumore maligno era dentro Vicenta, come un punto di luce più vistoso di altri era nel firmamento. Un tumore e una stella c'erano o non c'erano, se c'erano non si potevano ignorare. Guardai ancora una volta Vicenta, adesso con quel qualcosa di maligno nella sua bella persona, e mi resi conto che non m'importava di ciò che sarebbe potuto succederle. M'importò un po' in seguito, quando lei non c'era più, e ancora di più con il passare degli anni, quando superai l'età a cui era arrivata lei.

Raccontai parzialmente a mia madre ciò che sapevo. La informai che la vicina aveva un tumore, ma non le dissi che era maligno affinché non mi proibisse del tutto di vederla. A mia madre non piaceva l'idea che io frequentassi una casa dove c'era un tumore, perché ero una bambina e avrei avuto il tempo di vedere tumori più avanti, ma mia madre era molto umana e un giorno andò a trovare Vicenta per dirle che poteva contare su di lei in ogni momento.

Tornò a casa con un'espressione che suggeriva che la faccenda era di una gravità estrema. «Sarà bruttissimo», fu il suo commento, che completò un minuto dopo con: «Povero bambino». L'idea era che Vicenta sarebbe morta, ma non era ancora morta e quindi tutto ciò mi sembrava esagerato. In più avevo buone speranze che la Banca sarebbe riuscita a curarla. «Non interrompere le visite all'improvviso, ma distanziale. Mi occuperò io di lei», concluse mia madre. A volte era tremenda, non si rendeva conto che qualche ora prima avevo visto Vicenta aggirarsi nel suo salotto con la chiarezza di un film, mentre aspettava la telefonata di Rafael, e che adesso mi si costringeva a pensare che da un momento all'altro sarebbe stata spacciata.

«La casa di fronte» iniziò a non attrarmi più. E iniziai a rallegrarmi del fatto che fosse sempre chiusa. Iniziai a dimenticarla.

Il bambino Rafael veniva a casa mia a giocare con i miei fratelli. Poi passava a prenderlo una signora di sessant'anni, con un enorme medaglione d'oro sul petto, che Rafita chiamava nonna. Finché un giorno il bambino smise di venire e anche la signora del medaglione, e mia madre disse a mio padre che l'avevano portata via: si riferiva a Vicenta. E un altro giorno gli disse: «Ho chiamato e mi hanno detto che sta peggio». Scosse la testa. «Molto peggio.» Mio padre assunse un'espressione per metà di fastidio e per metà di dolore, come se si fosse schiacciato le dita con una porta. Non voleva sapere altro. E da ultimo, vari mesi più tardi, sentii dire: «È terribile. Ma è stato meglio così. Soffrivano tutti». Andai verso la finestra e osservai la giornata, ovvero il cielo, il vento, il colore. Non era radiosa, ma neanche sgradevole. Si stava bene. Un giorno come tanti per delle sensazioni come tante: d'un tratto era leggermente soleggiato come leggermente nuvoloso, una brezza invitava a fare una lunga passeggiata e non sembrava che potesse succedere niente di male. Eppure era successo qualcosa di terribile come se niente fosse. Sulle finestre di Vicenta sarebbe dovuta scendere una pioggia torrenziale. Avrebbe dovuto esserci un segno del fatto che qualcosa si rompeva.

L'anno dopo Rafael si sposò di nuovo. Portò a casa una donna bionda con gli occhi e le ciglia neri. Una donna troppo mora per essere così bionda. Troppo rumorosa per occupare il posto silenzioso e discreto di Vicenta. La sostituzione mi sembrò un insulto. E ancora di più incrociare sulle scale un Rafael che fischiettava allegramente, proprio come il proprietario del laboratorio di ceramica. Lo dissi a mio padre e mio padre mi disse che gli uomini che fischiettano sono stupidi, svagati, e che in fondo non gli importa di niente.

Una sera passai davanti alla loro porta. Era aperta, e guardai con curiosità dentro. Dall'interno in penombra uscirono un aroma zuccheroso e un braccio bianco e carnoso, che aveva una luce tutta sua.

«Ciao, non vuoi entrare?» mi sussurrò questa voce che avevo sentito solo passando accanto alle stanze da letto.

«Sì», le risposi. «Mi piacerebbe guardare dalla finestra.»

Accese la luce e alla voce si unirono i suoi capelli scompigliati e raccolti sulla testa, come un fascio di paglia, e una vestaglia da camera che le copriva un terzo del corpo. Cercava continuamente di raccogliersi la carne bianca e abbondante nella stoffa a fiori, ma la stoffa sfuggiva dal suo seno e dalle sue cosce verso la schiena. Da quel disordine fatto di cintura, mutande, reggiseno e stoffa sottile e scivolosa, che non copriva niente, sfuggiva anche del calore. Il calore si espandeva nel salotto fino a nausearmi e lei stessa sembrava stordita dal proprio calore. Si distese sul divano e si accese una sigaretta.

«Ah!» esclamò. «Non si riesce a dormire in questa casa. Non c'è un filo d'aria.»

Nel vicinato correvano voci sul fatto che di notte lasciasse aperta la porta di casa. Quando Rafael tornava dai suoi viaggi, non doveva fare altro che entrare e, come Rafael, sarebbe potuto entrare chiunque. Lo pensò Rafael e lo pensavano tutti. Mia madre commentò preoccupata: «A quella donna potrebbe succedere qualunque cosa». Fin quando lui non fece un bel po' di storie per spingerla a cambiare atteggiamento. Lei però era abituata a non avere paura e a distendersi su un divano, vegliata dal fumo di una sigaretta, e lamentarsi del caldo in mezzo a porte che potevano essere varcate se soltanto lo si desiderava.

Andava in continuazione al bar dell'angolo. Si sedeva a un tavolo, appoggiava la borsa da una parte, incrociava le gambe e si preparava a lasciarsi guardare. A volte si alzava e si avvicinava molto lentamente a un vecchio juke-box. A quel punto appoggiava la mano che reggeva la sigaretta su uno degli angoli dell'apparecchio e sceglieva un disco, prendendosi tutto il tempo presente e tutto il tempo futuro per farlo. Non aveva mai fretta. Alla fine lasciava cadere una moneta, che rotolava lungo gole di metallo mettendo infine in movimento quel groviglio meccanico.

Aveva l'abitudine di rimanere in piedi per assistere a quell'operazione e anche per ascoltare la canzone. Le piacevano le ballate con molte parole e con molto amore. Con alcuni avventori scambiava battute e frasi che volevano dire qualcosa in più di ciò che dicevano, e con uno di loro, moro, magro, taciturno e quasi sempre solo, ballava vicino a un angolo del bancone. Mentre questo succedeva di sotto, di sopra, a casa sua, il telefono squillava ininterrottamente.

Quella vita non era la più appropriata per un bambino, e per questo motivo il figlio fu mandato in collegio. Dissero: «Diventerà un convittore», e io fui immediatamente grata di non essere Rafita e di non dover essere una «convittrice», ossia di non dover convivere con altri, chiusa in un collegio.

Rafael era diventato un disperato. Tornava a casa sua senza avvertire, in orari assurdi, con una paura eterna negli occhi e una certa rabbia nel suo abbigliamento piuttosto sciatto, e si trovava di fronte la porta spalancata o lei al bar dell'angolo, che ballava con il moro taciturno.

Rafael chiudeva la porta con un calcio. Dopo il calcio arrivavano le urla. Urla confuse che avrebbero potuto essere rimproveri, domande e chiarimenti. O niente di tutto questo, soltanto urla. Quando lui ripartiva, lei riprendeva le sue uscite. Ed era un fastidio per tutti i vicini, perché tutti i vicini erano tentati dall'idea di entrare quando passavano accanto alla porta aperta o socchiusa. Si faceva chiamare Doris.

Doris non avvertì la necessità di cambiare nessun elemento della casa. Non aggiunse e non eliminò niente, neppure i ritratti di Vicenta. Il punto era avere un posto dove fare ciò che avrebbe sempre fatto. E niente di più. Un posto con un po' di musica, un po' di gente, un po' di luce artificiale che le conferisse più splendore, che la rendesse visibile, più presente. Un posto dove potesse perdere tempo mentre qualcuno la guardava. Questo era tutto ciò che cercava: vivere, e che qualcuno lo vedesse. Evidentemente sapeva che il tempo lo si spreca sempre, che ci sarebbe stata sempre la possibilità di fare dell'altro e che il tempo ti scompare sempre tra le mani.

Rafael passò da Doris e Vicenta come se fosse tempo. Passò dalla casa di calle Uruguay e dai paesi stranieri dove lo mandava la Banca. L'ultima volta che passò davanti a me aveva le spalle più curve e la pappagorgia, e i capelli da giovane biondo, quale «era» nei racconti di Vicenta, si stavano diradando e incanutendo.

In lui percepii, come in nessun altro, che i giorni si erano succeduti in modo inesorabile a partire dal momento in cui io, i miei fratelli e mia madre ci eravamo seduti sulla greca del pavimento accanto al muro del salotto di quella casa e così, seduti, avevamo mangiato dei panini il cui sapore non è mai scomparso, perdura come un fossile in una roccia. E che oggi mi fa ricordare il momento in cui vidi Rafael come l'immagine stessa del tempo che infilava la chiave nella serratura della porta.

Il tempo non sente, e neppure Rafael. Aveva perso la curiosità, la paura e anche la voglia di fischiettare, che sembravano restare soltanto nei giorni trascorsi. Tutto ciò che era successo era racchiuso in una scatola al cui interno c'era un'altra scatola, che era il giorno precedente, e così via fino a formare un labirinto, che Rafael percorreva passando davanti a Vicenta, la Banca, suo figlio, Doris e me, probabilmente davanti a molte altre persone che io non conoscevo. Girò la chiave nella serratura, aprì la porta e buttò dentro la cartella. Non la ripose, la lanciò come se quello che doveva ancora succedere nella vita non meritasse riguardi.

Doris mi disse che potevo guardare dalla finestra per tutto il tempo che avessi voluto. Non le venne in mente di chiedermi perché, le sembrava tutto naturale. Prima di farlo osservai per un attimo il salotto, i mobili, le piante da interno, e sentii la mancanza di Vicenta. Di Vicenta tra le sue cose, alcune fatte da lei stessa. Adesso Vicenta apparteneva al labirinto. Si era fermata in un punto, mentre tutti noi continuavamo a passare.

Doris si stese sul divano e si mise un cuscino tra le gambe. Quando il calore delle gambe passò sul cuscino, lei lo buttò sul tappeto e ne prese un altro. Si lamentò: «Sembra che questa casa abbia la febbre».

Pensai che forse quella febbre l'aveva lasciata Vicenta, che Doris poteva avere la febbre di Vicenta come io avevo il foulard rosso di una sconosciuta.

Ebbi la strana sensazione di trovarmi al centro del labirinto di scatole e che se mi fossi sforzata un po' avrei potuto percepirne la profondità. La geometria delle scatole creava una profondità nera, che sfuggiva dalla finestra e veniva risucchiata da quel piccolo occhio di luce del firmamento. Vicenta non era più lì perché probabilmente si stava aggirando nelle profondità tenebrose, che io non volevo vedere. Non volevo più pensare a lei, desideravo solo raccogliere l'energia sufficiente per attraversare le scatole, che in realtà erano una stanza, e uscire di lì. Doris, sprofondata nella sua febbre, evidentemente non sapeva di essere immersa nel tempo. La invidiai e la compatii perché era terribile sapere e anche non sapere.

Doris era distesa sul divano di Vicenta, sul divano che Rafael aveva comprato per Vicenta quando Rafael «era». Io ero sulla soglia e la stella brillava più lontana che mai, più pallida, come se si stesse ritirando verso un altro universo.

Erano passati solo tre mesi dalle vacanze quando Olga si presentò a casa nostra con il bambino, con una valigia e senza soldi. Olga aveva i capelli un po' scompigliati e Carlitos i calzini abbassati e il maglione alzato, come se fossero stati portati da un vento di burrasca da Barcellona a casa nostra.

Durante l'estate Albert si era lanciato in un paio di operazioni disastrose in Borsa. Queste ultime si aggiungevano ad altre ugualmente sfortunate, ma erano queste due quelle che Olga ignorava. Albert gliele aveva tenute nascoste. Albert era un irresponsabile, uno svagato, un idiota. Le aveva proposto di vendere l'appartamento della Gran Vía per pagare i debiti e lei si era rifiutata categoricamente, non voleva neanche sentirne parlare. Che vendesse lui, ma ah!, lui aveva ben poco da vendere. Il problema era il bambino. Carlitos voltava la testa da una persona all'altra. Si parlava di lui. Lui era il problema. Prima di saper attraversare da solo la strada, accendere un fiammifero e prima ancora di saper leggere e scrivere, sapeva già di essere un problema. Ci guardava senza fare domande. Intuiva di non dover chiedere ciò che ancora non sarebbe stato in grado di capire. Olga aveva chiesto la separazione e Albert non voleva concedergliela. Scese un silenzio che riprodusse per i miei genitori e per me l'immagine di Albert con il berretto bianco che apriva una bottiglia di vino una sera di fine estate e che diceva che lui e Olga si sarebbero separati perché la loro vita insieme era un inferno. La stessa persona che aveva detto quello adesso faceva questo. Doveva avere ragione Olga. Doveva avere ragione lei. Albert era un buffone.

Albert aveva la mania dei «soldi facili», di quei soldi che compaiono misteriosamente e prendono forma parlandone con questo e quell'altro. Lui pensava di poter semplicemente ricavare qualche spicciolo lavorando, mentre durante i pranzi e le bevute, parlando senza sosta, senza fare proprio niente, si facevano le vere fortune. Olga sapeva a cosa si riferiva Albert. Lui non l'aveva conosciuta quando era la responsabile delle pubbliche relazioni del consolato turco, si occupava degli affari di Ahmet Kemal e passava le giornate presso le compagnie navali a trattare, pranzando qui e là, ricevendo regali, ammirazione, inviti, quando passava le giornate a fare soldi senza sosta. Lei sapeva di cosa parlava Albert, lui non lo sapeva e non poteva saperlo. «Cioè», diceva Olga, «io sono andata sulla luna e lui crede di andarci. Gli dico: quello che uno s'immagina non è la verità, anche se sembra vero.»

Albert non poteva raggiungere la luna solo desiderandolo, questo era evidente. La luna di Albert erano i grandi affari, e lui pensava che un modo per essere lì, nel gran denaro, fosse attraverso l'aspetto. La forma, sembrava pensare, unisce irrimediabilmente.

Albert mise su un'eterea agenzia immobiliare di compravendita e locazione di case, investì i propri risparmi e quelli di Olga in azioni, si procurò i vestiti migliori e più cari e riuscì a trovare un socio dall'aspetto impeccabile e dalle grandi idee. «Gli ha dato alla testa», aggiunse Olga, «e dopo due giorni era già convinto di essere dentro, di appartenere all'élite, di essere uno di quelli che facevano intrallazzi e soldi, e che il mondo intero lo vedeva così. Si è comprato la Mercedes e si è lanciato in una vita di affari dove tutto era divertimento.»

Adesso Albert aveva venduto la Mercedes. Albert era uno sventato.

«Perché non vuole separarsi?» chiese mia madre, interessata.

«Dice che è per il bambino. Non vuole separarsi da lui.»

Certo, era comprensibile. Quindi Albert non era poi così contraddittorio e immaturo. Si poteva essere sicuri della necessità di una separazione e allo stesso tempo si poteva essere sicuri di non voler perdere il proprio figlio.

«Non potete trovare un accordo?» insistette mia madre.

«No», rispose Olga senza esitazione.

Era d'obbligo una nuova domanda: «Perché no?». La fece mia madre. Mio padre era in viaggio.

Carlitos venne sistemato nella stanza di mio fratello. Giocava come un bambino e si guardava intorno come un uomo. Mentre correva intorno al tavolo con il fucile di plastica, era capace di consigliare a Olga: «Mamma, non perdere la calma». E Olga gli rispondeva: «No, figliolo». E noi guardavamo Carlitos senza sapere se compatirlo o no. Avevo sempre sentito dire che in fondo a Olga piaceva perdere a tratti la calma per poterla poi recuperare e che controllava perfettamente quel processo. Perciò non bisognava farci caso. Carlitos ci faceva caso, si preoccupava per lei, e questo compito era penoso per un bambino della sua età. Eppure, nel suo sguardo, quando le diceva: «Mamma, non perdere la calma», si affacciava una consapevolezza che a noi sfuggiva. Forse Olga aveva bisogno che qualcuno la sostenesse e lui, così piccolo, lo sapeva.

«Ci divideremo i clienti, sposteremo l'ufficio. Voglio salvare una parte dell'attività. Per il momento ho bisogno di un po' di soldi.»

Qualunque cosa nella vita finiva per essere legata ai soldi. Da una parte erano molto meno importanti della nobiltà, dell'amore e dell'amicizia, dall'altra rendevano molto più facile essere nobili, amanti o amici. In casa mia si stava attenti ai soldi. Si guardavano le monete e le banconote con una certa riconoscenza, come se ciascuno di quei pezzi fosse unico, perciò se vedevo tre monete impilate sul tavolo mi faceva piacere vederle e pensavo una, due e tre, varie volte. Le entrate di mio padre si limitavano a essere fisse e a superare appena «il necessario», perciò il mio stile di vita era strettamente legato ai pochi soldi. Scoprivo continuamente che né questo né quello erano alla mia portata. Le pasticcerie care, per esempio: dovevo tenermene alla larga e pensare "pasticceria di lusso", così le cancellavo dalla mia mente, da cui il lusso, in qualunque sua manifestazione, era bandito. Non succedeva la stessa cosa a mia sorella, che non capì mai qual era il suo posto. Era ribelle, tanto da farti irritare. Bisognava trattenersi per non prenderla a schiaffi e gridarle: «Accontentati!». Credeva di avere diritto a tutto, anzi, avvertiva una netta inclinazione verso ciò che non poteva avere. Il suo sguardo, solido come la pietra e trasparente come l'acqua, si appuntava su tutto ciò che era di lusso come se fosse suo. Era ammirevole. Non si è mai rassegnata a niente. Forse per questo Albert s'impegnò a parlare con me invece che con lei, perché io ne avevo più bisogno.

Albert sarebbe venuto a trovarci presto e noi non avremmo dovuto fare molto caso a lui. Non dovevamo dirgli neanche che avevamo prestato dei soldi a Olga. Albert avrebbe fatto tutto il possibile per tenersi Carlitos. Albert era un vero incompetente.

«Sa fare solo intrallazzi», concluse Olga appoggiata al finestrino del treno.

Appoggiava i gomiti di un tailleur gessato grigio, che frenava il rosso della bocca, l'oscurità degli occhi, i suoi capelli misteriosi. I capelli misteriosi e la bocca rossa si commossero quando si sentì il fischio della partenza. Voleva dirci ancora altre cose. Non voleva smettere di vederci. Ci voleva tantissimo bene. Ci adorava. Accanto a lei Carlitos, in ginocchio sul sedile dello scompartimento, con i suoi occhi grandi e grigi attaccati al vetro del finestrino, disse qualcosa. Dal movimento delle sue labbra sembrò che si trattasse di: «Non perdere la calma». E lei sembrò ubbidirgli: appoggiò il soprabito di panno granata e la valigia marrone sulla cappelliera al di sopra delle loro teste e poi si sedettero entrambi sulla tappezzeria consumata e appoggiarono le teste sopra dei poggiatesta di stoffa bianca con l'anagramma ricamato della Red Nacional de los Ferrocarriles Españoles. Il ritmo di un cuore meccanico li distanziò sempre di più da noi, finché non si allontanarono definitivamente.

Non c'erano più.

Tornando da scuola, un giorno trovavo Olga e un altro trovavo Albert. Derelitti, desiderosi di piacere, avendo ciascuno le proprie ragioni, lamentandosi del comportamento dell'altro, chiedendo consiglio, aiuto.

Lui non aveva più il figlio e non aveva lavoro, non aveva soldi. Il suo socio stava bruciando la parte che gli restava. Adesso Albert aveva capito che il suo socio non ci stava con la testa.

«È incredibile! Finora non mi ero reso conto che è un pazzo. Un pazzo di quelli che dissimulano in continuazione e che a volte riescono a sembrare geni. La parte di attività che ha rilevato Olga è pulita.»

«Allora non hai...» Mio padre s'interruppe. Io e mia madre abbassammo lo sguardo. La frase completa sarebbe stata: "Allora non hai più niente".

Albert si agitò dentro la giacca. Per venirci a trovare si vestiva come se casa nostra fosse un ministero e mio padre il ministro e il resto della famiglia funzionari che si aggiravano per i corridoi. Arrivava con la speranza che gli avremmo rimesso a posto la vita, che sarebbe uscito dalla porta con la custodia di suo figlio, con un lavoro e con i soldi. Io desideravo rabbiosamente essere milionaria per poter dare qualche milione ad Albert.

L'origine di tutti i suoi mali era nel suo socio. «Finora non me n'ero reso conto», ripeteva, «perché parla in modo straordinario. Mai con pensieri volgari o con parole volgari. Ha classe. Quando lo ascolti, pensi: "Non mi sarebbe mai venuto in mente". E quello che dice lo dice con un aplomb e una sicurezza che ti arrivano fino al midollo delle ossa.»

Mio padre annuì. Aveva conosciuto quel socio e, soprattutto, lo aveva ascoltato: «È un tipo che ti può rovinare in un minuto perché ti convince – ti convince davvero – che può farti arricchire».

«È un pazzo o un mascalzone?» chiese mia madre.

«Entrambe le cose», rispose mio padre.

«Un pazzo, solo un pazzo!» aggiunse Albert, che non voleva ammettere di essere stato imbrogliato.

Mio padre assecondò le convinzioni di Albert sulla sua sfortuna e sul suo socio... e che altro avrebbe potuto fare? Gli chiese se avesse bisogno di soldi. E Albert disse di sì, ma che la somma di cui aveva bisogno noi non ce la potevamo neppure sognare.

Uscì da casa nostra com'era entrato. Con le mani in tasca e un grande sorriso desolato. Il suo grande sorriso desolato si ripeteva sulla sua grande fronte ampia e sulle stempiature di quella fronte, che penetravano tra i capelli come una falce in un campo di erba. Noi lo guardavamo andare via impotenti. Apriva la porta, scendeva le scale, spariva lungo le rampe e poi ricompariva sui pianerottoli, il suono dei suoi passi scendeva sempre di più, finché smetteva di vedersi e sentirsi.

Lo avevamo deluso e non sarebbe tornato mai più. Questo mi diceva il suo modo di andare via. Ed era una sensazione così forte che non mi lasciava dormire. Riuscivo a pensare solo alla schiena del suo abito blu mare mentre scendeva. Dopo un po', però, tornava. Così imparai a diffidare delle mie sensazioni, per quanto fossero intense e mi togliessero il sonno. Una situazione poteva essere tragica e irreversibile e, allo stesso tempo, poteva non esserlo. Quando Albert si allontanava sulla strada lunga e il suo abito si mescolava ad altri abiti e i suoi problemi ai problemi degli altri, la mia paura creava una situazione irreversibile: «Non lo rivedrò mai più». Eppure una situazione ha tante interpretazioni quante sono le persone coinvolte e Albert tornava di nuovo con una scatola di cioccolatini e si sedeva nel nostro salotto e noi, che non potevamo dargli niente, gli davamo qualcosa che soltanto lui sapeva cosa fosse.

Solo la sua morte non poté ripetersi. Avvenne un anno dopo quella visita, che fu veramente l'ultima. Non tornò più, anche se non per i motivi che solevano preoccuparmi, che non erano né più e né meno che noi non gli davamo nessuna soluzione e che per questo avremmo smesso di interessargli.

In quell'ultima occasione Albert, riferendosi al suo socio, alla sua separazione, ai suoi investimenti sbagliati in Borsa, alla sua sfortuna, aveva detto: «Uno non sa mai da dove gli arriverà addosso la mazzata». Adesso credo che per questo ci si sbaglia, ci si rovina e un giorno si muore, come Albert.

Ci trasferimmo a Madrid un anno dopo la morte di Albert. Lì finì uno dei calvari di mia madre: quello dei traslochi. Finì relativamente, perché a Madrid abitammo in tre case diverse. Tre scuole diverse, amici diversi, muri diversi. Mentre altri mettevano radici, noi le perdevamo continuamente e dovevamo dimenticarle.

Il mio passato non è continuo, è fatto di pezzi: in uno sono nella casa di La Cruz. In un altro sono al consolato. In vari frammenti c'è il mare in posti differenti, alcune volte è estate e facciamo il bagno, io sono molto magra sulla spiaggia e ho quasi sempre freddo, cerco il sole; anche mia sorella è molto magra, mio fratello meno. Loro due vanno da una parte all'altra con un secchiello e una paletta in mano. Altre volte è inverno e anche al centro della città ho i capelli crespi per l'umidità. In alcuni frammenti i miei fratelli sono molto piccoli e in altri sono cresciuti abbastanza da poter chiacchierare tra di noi.

Mia madre sogna Madrid perché lì ha trascorso la sua giovinezza, il suo periodo felice. Era libera e bella, e in primavera attraversava plaza de Cibeles in un turbinio di piccioni. Aveva i capelli castani e ondulati fino alle spalle, con la riga di lato, e cercava qualunque scusa per ridere e divertirsi.

Quando i miei genitori decidono di comprare una casa lo fanno a Madrid e alcuni amici li informano puntualmente dell'andamento dei lavori. C'è la metropolitana vicino, ci sono supermercati, la strada è centrale. C'è parecchio traffico, ma c'è un ponte che aiuta a decongestionare un bel po'. Di fronte alla nostra futura casa c'è un viale pedonale con delle panchine di pietra che divide la strada in due sensi. Il nostro appartamento è all'ottavo piano. Una parte di esso dà sulla strada e un'altra su un cortile interno, dove noi bambini potremo giocare.

Il ponte pieno di macchine diventa per me una fonte di agitazione. Ho la sensazione di essere già all'ottavo piano, che dalla finestra della mia stanza, scavata in una parete alta e liscia, sento le macchine avvicinarsi e allontanarsi nella strada innaffiata. Ho sentito parlare così tanto di Madrid che mi batte il cuore quando penso che presto ci andremo e ci resteremo. Che lasceremo per sempre Valencia e il terzo piano di calle Uruguay come già abbiamo abbandonato altri posti. Per qualche strano motivo non torniamo mai a visitarli. Mia madre non rimpiange ciò che si lascia alle spalle, perché la sua meta è Madrid e la sua giovinezza. Mio padre concentra i suoi pensieri sul domani. Non c'è perciò tempo per tornare. La ragione non è in fondo così strana. E io prendo la decisione di non familiarizzare né con i posti né con le persone né con le cose. Ma non è così facile non affezionarsi, è impossibile.

Il taxi si lancia in una strada che odora di città,

alberi di città e uccelli di città. È un giorno caldo. È una città grande. Qui tutti sanno quello che devono fare, alcuni vanno a sinistra e altri a destra senza esitare. Mi intimidisce stare nella giovinezza di mia madre.

Scendiamo dal taxi e il taxi brilla come una scarpa di vernice. I palazzi sono alti e anche il cielo è in alto, come sospinto dai palazzi.

Siamo venuti a vedere come procedono i lavori. Vanno a rilento. Ci disperiamo perché a mio padre hanno già concesso il trasferimento. Bisognerà affittare un altro appartamento fin quando non finiranno. Un'ulteriore preoccupazione: cercare una casa a Madrid senza essere a Madrid. Ci sediamo nel dehors di un locale. Siamo a maggio, e i capelli di mia sorella concentrano tutto il rame che c'è in giro: quello delle monete, quello delle insegne dei negozi e quello dei cavi che attraversano la città. I suoi occhi adesso sono specchi. Mi ci vedo riflessa tra i miei genitori e i miei genitori e me tra gente che oggi pomeriggio non ha niente da fare.

Quando ce ne andiamo un cielo rosato plana sul dehors e s'insinua tra i palazzi. Qualche giorno dopo penso a quella città, al suo colore al tramonto e alle volte in cui ci piangerò.

Gli uffici di mio padre sono situati in un viale. Lui chiede al tassista di passarci davanti e il tassista ci passa lentamente. «È un edificio del secolo scorso», dice mio padre, e gli fanno ombra le chiome di quegli alberi che sono dappertutto. Sono fioriti da poco e il fogliame è chiaro. Sulle facciate ci sono finestre con le grate.

Lì lavorerà mio padre.

Ciò che succede stamattina non è nuovo per me. Da una strada raggiungiamo un'altra strada salendo delle scalinate costeggiate da una ringhiera nera, di ferro. La ringhiera è fredda. Io indosso un giaccone a quadri. È una giornata limpida. Ci sono state centinaia di giornate chiare nella mia vita, ma questa è quella che mi fa ricordare il portone numero quindici, il giaccone a quadri, che prima era stato un cappotto, il lavandino della cucina, grande come quello di un mattatoio, l'espressione di mia madre, che vedeva come me per la prima volta i muri spogli di quelle stanze. Ci affacciamo alla finestra e commentiamo che è molto grande, mentre avremmo voluto dire: «Bisognerà abituarsi». L'indispensabile è vicino: i negozi e la scuola. Un po' più in là, il cinema. Quando m'infilo nel cinema per quattro ore di seguito, mi sento bene.

Mia madre sospirò appoggiata alla terrazza, osservando ciò che ci circondava: altre case come la nostra, case di un quartiere nuovo nei sobborghi di Madrid. Tutte le strade avevano nomi di pittori. C'era molto spazio per giocare e per parcheggiare, c'erano persone come noi, qualche cane con il collare, alberi che un giorno sarebbero diventati enormi. Ma, soprattutto, c'era un negozio di ferramenta. In realtà dalla terrazza non stavamo osservando, stavamo cercando qualcosa a cui abituarci urgentemente e scegliemmo il negozio di ferramenta. Si trovava di fronte al nostro numero quindici e aveva un'insegna su cui c'era scritto ALADINO. All'inizio dell'estate il proprietario, che si chiamava come il negozio, aprì una tenda verde su cui continuava a essere scritto, in grandi lettere bianche, lo stesso nome.

Attraversai la strada con il giaccone a quadri e comprai le lampadine per i portalampada di tutti i soffitti. Nel frattempo mi riempii gli occhi delle molte cose che Aladino vendeva e gli raccontai che eravamo nuovi e che abitavamo al numero quindici. E partii in quarta. Gli raccontai anche tutto il resto: chi era mio padre, dove lavorava. Mio padre viaggiava in continuazione. Io ero la maggiore di tre fratelli. Mia madre aveva quarant'anni. Quella casa era in affitto e bisognava ridipingerla completamente. L'avremmo lasciata presto, non appena fossero terminati i lavori di costruzione di quella che i miei genitori avevano comprato in centro. Io e i miei fratelli avremmo iniziato ad andare a scuola la settimana seguente. Senza di noi dentro casa sarebbe stato più facile fare i lavori. Ero quasi sempre io a occuparmi dei piccoli acquisti, di quello che mia madre si dimenticava. Probabilmente mia madre avrebbe avuto bisogno di una persona che si occupasse di noi quando lei non fosse stata in casa.

Aladino mi disse che poteva mettere un annuncio in negozio. E io uscii di lì con un sacchetto pieno di lampadine e la testa vuota. Quando parlavo tanto mi sembrava di rimanere senza niente.

Dopo una settimana che ci eravamo stabiliti in quel quartiere nei sobborghi di Madrid, il portone numero quindici era diventato per me il centro dell'universo. Era lì che lasciavo i libri quando tornavo da scuola, dove mangiavo, dormivo e dov'erano i miei genitori e i miei fratelli. Entravo e uscivo dal quindici varie volte al giorno. Giocavo accanto al quindici. La mia vita girava intorno al quindici e intorno a tutto ciò che c'era nei pressi del quindici. Per quanto fossi consapevole che il quindici era provvisorio nella mia vita, sapevo anche di non avere un altro posto dove farmi amici e dove inaugurare un vestito nuovo.

Mia madre viveva lì come se non vivesse da nessuna parte. Sembrava disposta a non vedere niente finché non fosse approdata alla nostra vera casa. Non lo diceva, ma si capiva che non le piacevano i nomi dei pittori delle strade, né i palazzi, né gli alberi che un giorno sarebbero diventati enormi. Il mio caso era diverso, quando si sta crescendo non si può aspettare, tutti i posti sono veri, cambiano le dimensioni e poi non ci si può tornare mai più.

Al quindici, davanti alla porta del nostro appartamento, due uomini con un completo giacca e pantaloni bloccarono un ragazzo con una polo gialla a maniche corte e i capelli rasati a zero. Io salivo lungo le scale e vidi il ragazzo che sudava. I suoi occhi spalancati erano intrappolati dagli occhi dei due uomini con la giacca. Lo spinsero contro il muro. Cadde a terra. Le mani degli uomini con la giacca lo sollevarono. Sotto la giacca portavano camicie bianche e cravatte a strisce. Non era stagione per girare in maniche corte, e sembrava quasi naturale che quelli con la giacca picchiassero quello con la polo gialla a maniche corte e i capelli rasati. Ma risultava anche strano, perché quello che si sentiva era il tonfo pesante di un corpo e non il tonfo sognato che producono le mele cadendo sulla terrazza di casa di mia nonna a La Cruz. Ciò che veniva colpito e percosso aveva occhi, occhi spaventati con un cerchio di sudore o lacrime sotto le palpebre.

«Cosa ci fai qui?» gli chiesero i due con la giacca.

«Sono venuto a trovare mio zio.»

«Dove abita tuo zio?»

Io ero sempre sulle scale. Sembrava che nessuno facesse caso a me. La testa rasata del ragazzo non aveva via di fuga. Era destinata a una cava, un carcere o un ospedale psichiatrico. Le altre due erano teste normali. Come quelle di qualunque vicino. Una di esse mi guardò. Mi guardò anche il ragazzo, ma non mi vide, era perso nel suo mondo di maniche corte in inverno e testa sospetta. Quello che mi guardava, mentre mi guardava, tastò le tasche del ragazzo e ne tirò fuori un coltello a scatto. Premette il pulsante e la lama uscì brillante dall'impugnatura. Disse: «Ah, che bravo nipotino. Vieni ben accompagnato a trovare la tua famiglia!». Poi si mise il coltello in tasca scoprendo il calcio di una pistola sotto la giacca. Gli chiesero:

«Dove abita tuo zio?» e il ragazzo indicò con la testa rasata la mia porta.

«Bambina», mi disse uno dei poliziotti, «sai chi abita qui?»

«Ci abito io», risposi.

Ci dividevano vari gradini. Tra i poliziotti e il ragazzo la separazione abbracciava tutta la storia e tutta la preistoria. Uno dei poliziotti indicò il ragazzo con la fronte, mentre i suoi occhi erano rivolti verso di me: «Lo conosci?».

Dissi: «No», con lo sguardo basso e un certo rimorso. Era molto difficile sputare in faccia a qualcuno che non aveva niente a che fare con te, che non significava niente per te e che ovviamente tuo padre non sarebbe mai stato suo zio, che non si sarebbe mai trovato dall'altro lato della porta che lui, i poliziotti e lei stavano guardando. Dissi semplicemente: «No». E anche uno dei poliziotti disse qualcosa: «Bene, adesso basta». Gli avvicinò le mani e lo ammanettò. Le unghie di quelle mani erano state divorate da varie bocche. Le dita erano macchiate di nicotina. Dovunque fosse stato fino a quel momento, non aveva fatto altro che fumare. Spintonandolo, gli fecero capire che doveva scendere. Dietro di lui restava la casa che io gli avevo negato. Per un istante immaginato io e lui eravamo stati una famiglia.

Uno dei poliziotti guardò l'orologio e disse: «Questo coglione ci ha fatto perdere tutta la mattinata». La mano del poliziotto era più grande di quella di mio padre, molto larga e forte, con le vene blu sul punto di scoppiare. Ed era quella mano che doveva aver sistemato il delicato fermacravatta sulla cravatta a strisce, che aveva un colore come di platino e dei luccichii come di brillanti. Mentre scendevano, l'altro poliziotto disse: «Questo quartiere si rivaluterà».

«Aria pulita per i ragazzini», aggiunse l'altro, «e spazio per giocare.» E alzò la testa, la girò e guardò me, che ero sul pianerottolo, troppo magra e con l'aria di non aver respirato abbastanza aria pulita.

Non ebbi il coraggio di raccontare a mia madre quello che era successo. Per lei sarebbe stato terribile sapere che, proprio sulla porta dell'appartamento che cercava di rassettare, un «coglione» aveva cercato di farsi passare per un membro della nostra famiglia. Ciò a cui avevo assistito era qualcosa di sorprendente e, allo stesso tempo, semplice. Ovvero, dire: «Poliziotti, pistole, coltello e unghie mangiucchiate fino alle nocche», in relazione alla nostra porta, a mio padre e a me, avrebbe potuto far ritrovare mia madre nella situazione di donna sola con tre figli minacciata da un malvivente armato, che aveva cercato di entrare in casa sua e che avrebbe potuto aggredire la figlia maggiore, costringerla a suonare il campanello. Li avrebbe derubati. Li avrebbe spaventati da morire. E se ci fosse stata una sparatoria? Quel quartiere sarebbe stato pericoloso. Il numero quindici sarebbe stato molto poco sicuro. Io non sarei potuta scendere a giocare nei dintorni. I miei fratelli sarebbero stati troppo piccoli per vivere in un posto del genere.

E quando mio padre fosse tornato dal suo viaggio, mia madre gli avrebbe raccontato quello che le avevo raccontato io. E lui avrebbe saputo che quando partiva ci lasciava indifesi in quegli spazi ampi in cui tutto stava crescendo: gli alberi, i bambini, i palazzi. I corpi si allungavano, cambiavano. Niente era fisso. Nei locali commerciali venivano impiantate attività. Le attività fallivano e venivano cedute. Si provava con un'altra attività. «Bisogna aspettare», diceva Aladino. «Che cosa bisogna aspettare, Aladino?» gli chiedevo io. «Che il quartiere si faccia», rispondeva lui.

«Aladino dice che bisogna aspettare che il quartiere si faccia», comunicai a mia madre.

E mia madre mi guardò inorridita, schiacciata da tutto quell'enorme quartiere in procinto di farsi.

«Noi siamo di passaggio.» Mi guardò fisso. «Non abbiamo niente a che vedere con questo posto.»

Si sbagliava. Quel luogo, a metà strada nel suo sviluppo come io era a metà strada nel mio, è rimasto nella mia vita ed è ancora lì con la sua aria, il suo sole e i suoi ragazzi di tredici anni, uno dei quali mi disse una volta che in quel momento io non gli piacevo affatto, ma che era sicuro che quando fossi cresciuta gli sarei piaciuta eccome. Come da mia abitudine, non gli feci domande.

Invece di entrare in casa attraversai la piazza, tra gli alberi spogli e le panchine di pietra, verso il negozio di ferramenta. Raccontai ad Aladino quello che era successo con i poliziotti e il ragazzo con la testa rasata. Mi disse che lo aveva visto entrare nel mio portone e che poi erano arrivati i due poliziotti che gli avevano fatto delle domande e, fortunatamente, lui era stato in grado di spiegargli dov'era. «È entrato nel portone del quindici», aveva detto, e a quel punto loro, senza correre ma in ogni caso senza nemmeno fare una passeggiata, avevano attraversato la piazza diretti verso il numero quindici, separati, formando un cuneo casomai lui avesse cercato di fuggire. Uno aveva detto: «Si è infilato in una trappola». Poi Aladino mi aveva visto entrare e si era messo le mani nei capelli. Aveva informato la clientela di ciò che stava succedendo e avevano tirato tutti un sospiro di sollievo quando avevano visto uscire, tra le due giacche, la polo gialla a maniche corte. Che cosa aveva detto mia madre? Che bello spavento doveva essersi presa. Risposi che non lo sapeva ancora.

Continuò a non saperlo per tutto il giorno, durante il quale facemmo la vita normale di quel primo mese di adattamento. Lo venne a sapere soltanto l'indomani. Ci fu collera, impotenza e alla fine tristezza. Il molto tempo spazza via, ma il poco tempo ammucchia. E, il giorno dopo, non si trattava più solo di quello che avevo visto, con tutto il suo carico di botte, spintoni e manette, ma c'era anche quello che aveva visto Aladino e quello che Aladino aveva pensato che avrebbe potuto succedermi lì dentro. C'era anche il mio comportamento: il fatto che non avessi raccontato niente a mia madre.

Questa era la cosa peggiore. Voleva dire che il mio carattere stava cambiando, che stavo peggiorando? Il suo mondo crollò: io crescevo, mio padre non era mai con noi, i miei fratelli erano piccoli e lei conosceva ben poche persone a Madrid.

Io non trovavo il modo di fare le cose per bene, né di fare in modo che la vita fosse migliore. La realtà era sempre un osso spolpato da qualcun altro. E, per quanto la circondassi di illusioni, non smetteva di essere un osso spolpato.

Abitammo in quella casa più tempo del previsto. Lì ricevemmo la notizia della morte della mia nonna materna. Le persone amate e anche quelle non amate smettevano di esistere mentre mio padre continuava a viaggiare, io e i miei fratelli continuavamo a crescere, alle acacie della piazza cadevano le foglie e in primavera rispuntavano. Ciascuno di questi avvenimenti passava attraverso l'attesa di mia madre. E quando più avanti iniziò a lamentarsi con il suo: «Se potessi tornare indietro», voleva dire: «Se avessi potuto non aspettare tanto. Se avessi potuto avere più soldi e meno responsabilità, se avessi potuto vivere meglio», quando, in realtà, la vita non può darci più di quello che ci dà.

La morte dei miei nonni mi arrivò attraverso l'afflizione dei loro figli, i miei genitori. Senza dubbio la più dolorosa fu quella della mia nonna materna. Mia madre fu più figlia che madre. Sentì più bisogno di essere protetta che di proteggere, di essere accudita che di accudire. Invece ebbe il contrario e lo rispettò, lo sopportò finché con la morte di sua madre venne meno la sua ultima condizione di figlia. Mia nonna morì giovane e all'improvviso. E, altrettanto improvvisamente, mia madre finì per essere soltanto madre.

Soffrì in modo indicibile. Si ammalò a furia di soffrire. Mio padre la consolava, si sforzava di tirarla fuori dal dolore, mentre dentro di lei il dolore s'ingigantiva giorno dopo giorno e cresceva come un mostro. Io arrivai a vedere quel mostro: era molto triste e piangeva, non ci guardava, era assente, eppure si attaccava ai mobili, all'aria, al cibo, alle parole e al tono della voce. Era difficile lottare contro qualcosa che non era fuori dalle cose né dalle persone, ma dentro, nel loro intimo, e allungava la sua ombra gigante fino alla porta del negozio di Aladino.

Quella morte improvvisa avvenne d'estate, per cui il dolore fu anche caldo. Per un mese i pisolini pomeridiani furono caldi e dolorosi. Appena potevo, fuggivo da Aladino. Lì faceva fresco e la vita era come prima. Le fontane di alluminio si ammucchiavano allegramente accanto alle palette, ai secchi di plastica e a vari lampadari di perline di vetro. Lui mi lasciava girare tra quei mucchi di roba e mi permetteva di sedermi per parecchio tempo su un panchetto accanto agli attrezzi per il giardinaggio. A volte andava a prendere un caffè e, se entrava un cliente, io dovevo uscire di corsa per avvertirlo. Provavo rimorsi perché mentre ero da Aladino non potevo vedere il dolore e dovevo fare un grande sforzo per immaginarlo. Avvertivo allora la mia indolenza e il mio egoismo in tutto il loro splendore.

Quell'estate fu piena di contrasti: mentre in casa mia soffrivo, fuori mi divertivo come una pazza.

O non parlavo o parlavo a più non posso, fino a sentirmi male. Passavo dal non mangiare niente all'ingozzarmi. E da ultimo non piacevo assolutamente al ragazzo che a me piaceva di più, al primo che mi piaceva con la sensazione fatale che sarebbe stato l'unico.

Sono tornata alla casa di La Cruz. Non mi sono ancora sposata e non ho una figlia. Sono ancora molto giovane. Mi rendo conto che la mia giovinezza è un gioiello che potrà risplendere una volta soltanto. Anche se devo ammettere che sono stata giovane ben poco tempo e quel tempo non è stato il migliore. Non sono mai riuscita a passare per la giovinezza intensa come mio padre. Sembra che da giovane mia madre fu felice. Ma se c'è stata una persona a cui il passare del tempo faceva male come una ferita incancrenita o come la cosa che possa addolorarci di più, quella era mia nonna Antonia. La sua preoccupazione principale, a parte le scarpe, era la morte. La tormentava l'idea di smettere di vivere, e a volte pensandoci piangeva. Perché, se la vita avesse seguito il suo corso normale, arrivato quel momento noi nipoti e figli saremmo rimasti, la sua casa sarebbe rimasta, il mondo sarebbe rimasto. E a quel punto tutto le sembrava poco. Le sembrava poco il cibo (mangiava fino a stare male) e le sembravano poche le terre (s'infilava in altre cause). Da quando è morto mio nonno Miguel un anno fa è rimasta sola. Troppo sola in mezzo alla sua casa e alle sue terre. Le sue due domestiche non la sopportano, e prima o poi l'abbandoneranno. Ci sorprende che non l'abbiano ancora fatto.

Io e i miei genitori siamo venuti a trovarla per proporle di vendere la fattoria e dividere i soldi tra lei e i suoi figli. Mio padre non viaggia più. Questa situazione, a cui i miei genitori avevano aspirato in tanti anni di vagabondaggi, li innervosisce e li soffoca. Fa pensare loro che nell'appartamento definitivo di Madrid invecchieranno tutto d'un botto. Per questo stanno pensando di comprare un'altra casa o magari altre due e alternarle. Un piccolo chalet sulla Sierra e un appartamento al mare, come li hanno altre coppie della stessa età e con la stessa paura di illanguidirsi. Vivere in vari posti per dilatare il tempo, per poterlo apprezzare in luoghi diversi e così avanzare più a intervalli, mettere i bastoni fra le ruote a questo scorrere costante e regolare dei secondi, fermarlo ogni volta che si volge lo sguardo verso una delle case alternative. Hanno pensato che non sarebbe stato un progetto impossibile se Antonia fosse stata d'accordo con la vendita, cosa che forse l'avrebbe riconciliata nel cuore di mia madre e anche nel mio. Io, a mia volta, desidero avere una casa tutta mia con il mio tempo. Mi rendo conto proprio adesso, accanto al muro bianco, in questo giorno bianco e freddo, che quello che voglio è liberarmi della giovinezza di tutti loro, dei loro dispiaceri e della loro felicità. Voglio liberarmi del loro amore. Salgo sulla terrazza dei meli e resto a guardare il piccolo gruppo di sotto. La fronte di Antonia si è fatta più pronunciata e gli occhi e i piedi le si sono rimpiccioliti. Porta un cappotto nero con il collo e i polsini di astrakan. È così minuta che sembra uno di quei cagnolini a cui rasano tutto il pelo, tranne la testa e le zampe. Discutono. Antonia è forte, i miei genitori deboli e sentimentali. Mia madre si mette una mano sugli occhi stravolta, impotente. Perché piange? Perché sua suocera non è cambiata, perché non è cambiata lei? Perché mio padre si è rassegnato a una vita più tranquilla? E in questo momento sento che potrei restare paralizzata proprio qui, senza riuscire a fare un solo passo come quando avevo nove anni e desideravo con tutte le mie forze che si baciassero, cantassero, ballassero e che nulla li tormentasse.

Nel catalogo

Garzanti

Clara Sánchez

L'AMANTE SILENZIOSO

Rigogliose piante verde smeraldo addobbano il patio in cui si svolge la cena. Isabel è lì su invito dell'ambasciata spagnola in Africa. Tutti credono che sia una giovane fotografa con il desiderio di immortalare i colori e i panorami di quella terra bruciata dal sole.
Ma non è la verità: Isabel sta cercando qualcuno. Sta cercando, per conto dei suoi genitori, Ezequiel, che crede di aver trovato sé stesso e ha chiuso i contatti con la sua vita precedente. È stato un uomo a fargli credere di non aver bisogno di null'altro: Maina, che con il suo potere carismatico e di persuasione ha legato a sé diverse persone che, come Ezequiel, si sentivano perse. Perse come amanti silenziosi in cerca d'amore.
Isabel deve salvarlo. Deve farlo perché ha già perduto suo fratello, finito nelle mani di qualcuno con le stesse capacità manipolatorie. Per questo ha accettato questa strana missione. Ma quando Isabel incontra finalmente il ragazzo e conosce Maina, capisce che dietro l'obiettivo di regalare nuove prospettive di vita a chi credeva di non averne più si cela qualcosa di molto più grosso.
Non può fare troppe domande: è sola in quel paese lontano e rischia di essere anche lei tratta in inganno e di perdere il controllo della propria vita.

Nel catalogo

Garzanti

Clara Sánchez

IL PROFUMO DELLE FOGLIE DI LIMONE

Spagna, Costa Blanca. Il sole è caldo nonostante sia già settembre inoltrato. Per le strade non c'è nessuno, e l'aria è pervasa dal profumo di limoni che arriva fino al mare. È qui che Sandra, trentenne in crisi, ha cercato rifugio: non ha un lavoro, è in rotta con i genitori, è incinta di un uomo che non è sicura di amare. Si sente sola, ed è alla disperata ricerca di una bussola per la sua vita. Fino al giorno in cui non incontra Fredrik e Karin Christensen, una coppia di amabili vecchietti. Sono come i nonni che non ha mai avuto. Le regalano una tenera amicizia, le presentano persone affascinanti, come Alberto, e la accolgono nella loro grande villa.
Un paradiso. Ma in realtà si tratta dell'inferno. Perché Fredrik e Karin sono criminali nazisti. Si sono distinti per la loro ferocia e ora covano il sogno di ricominciare. Lo sa bene Julián, scampato al campo di concentramento di Mauthausen, che da tempo segue i loro movimenti. Ma ora, forse, può smascherarli e Sandra è l'unica in grado di aiutarlo. Non è facile convincerla della verità. E a quel punto, lei e il suo piccolo rischiano molto. Ma non importa. Perché tutti devono sapere. Perché è impossibile restituire la vita alle vittime, ma si può almeno fare in modo che tutto ciò che è successo non cada nell'oblio.
Un romanzo che ha sorpreso e ha scosso le coscienze, rivelandosi un caso editoriale unico.

Nel catalogo

Garzanti

Clara Sánchez

LE MILLE LUCI DEL MATTINO

Madrid. La luce si riflette sulle immense pareti a specchio del palazzo. Emma guarda dalla finestra il mondo che si perde in quel bagliore. È seduta alla scrivania di un ufficio con cui non ha alcuna affinità. Fare l'impiegata in una grande azienda non è mai stata la sua aspirazione, ma deve ricominciare dopo il fallimento di una storia d'amore e del sogno di diventare scrittrice. Il posto è arrivato al momento giusto. Eppure quel lavoro non è come se l'aspettava. Il suo capo, Sebastián Trenas, passa le giornate a leggere libri: nessuna telefonata, nessuna riunione. Emma non riesce a spiegarselo, ma il suo sesto senso le suggerisce di non fare domande. Fino a quando arriva il giorno in cui non può più fare finta di niente. Mettendo in ordine dei vecchi faldoni, smuove qualcosa che doveva rimanere nascosto. Da allora tutto cambia: Trenas perde la carica di vicepresidente e dopo pochi giorni muore. Emma si sente in colpa e ha paura di quello che le sta accadendo intorno. Deve scoprire quale verità si cela dietro quegli uffici lussuosi e quelle pareti di cristallo, ed è convinta che sia necessario scavare nel passato. Un passato che parla di bugie e segreti, di amori clandestini e di adozioni difficili. Solo in sé stessa Emma può trovare il coraggio per svelare il mistero. Perché nell'oscurità c'è qualcuno che vuole fermarla.

Nel catalogo

Garzanti

Clara Sánchez

LO STUPORE DI UNA NOTTE DI LUCE

È una notte stranamente luminosa. Una notte in cui il buio non può più nascondere nulla. Lo sa bene Sandra, mentre guarda suo figlio che dorme accanto a lei. Ha fatto il possibile per proteggerlo. Ma nessuno è mai davvero al sicuro. Glielo ha fatto capire un biglietto che qualcuno le ha fatto scivolare nella borsa. Poche parole, che possono venire solo dal suo passato: «Dov'è Julián?». Sandra non può far altro che tornare dove tutto è iniziato. Dove ha incontrato una coppia di anziani che l'hanno accolta come una figlia, ma che in realtà erano due crudeli nazisti ancora fedeli ai loro ideali. È stato Julián ad aiutarla a capire chi erano veramente. Lui che, sopravvissuto a Mauthausen, ha visto con i suoi occhi cosa sono stati capaci di fare quei criminali ed è riuscito a scovare il loro nascondiglio. Lui ora è l'unico che può conoscere chi ha scritto quel biglietto, e perché.

Nel catalogo
Garzanti

Clara Sánchez

LO STUPORE DI UNA NOTTE DI LUCE

È una notte stranamente luminosa. Una notte in cui il buio non può più nascondere nulla. Lo sa bene Sandra, mentre guarda suo figlio che dorme accanto a lei. Ha fatto il possibile per proteggerlo. Ma nessuno è mai davvero al sicuro. Glielo ha fatto capire un biglietto che qualcuno le ha fatto scivolare nella borsa. Poche parole, che possono venire solo dal suo passato: «Dov'è Julián?». Sandra non può far altro che tornare dove tutto è iniziato. Dove ha incontrato una coppia di anziani che l'hanno accolta come una figlia, ma che in realtà erano due crudeli nazisti ancora fedeli ai loro ideali. È stato Julián ad aiutarla a capire chi erano veramente. Lui che, sopravvissuto a Mauthausen, ha visto con i suoi occhi cosa sono stati capaci di fare quei criminali ed è riuscito a scovare il loro nascondiglio. Lui ora è l'unico che può conoscere chi ha scritto quel biglietto, e perché.

Finito di stampare nel mese di maggio 2019
da Grafica Veneta s.p.a., Trebaseleghe (PD)

Questo libro è stampato col sole

Azienda carbon-free